書下ろし

Dramatic Novelette

天才・龍之介がゆく!

殺意は幽霊館《やかた》から

柄刀　一

祥伝社文庫

天才・龍之介がゆく！

殺意は幽霊館《やかた》から

1

ホテルの主《あるじ》が、どこまでが本心か判らない愛想《あいそう》笑いを向けてくる。

「どうでした、美人の湯？　ちゃんと混浴で、女性も入っていたでしょう」

そりゃあ、入っていたけどさ、美人とかなんとか、そんなものを超越しちゃってる年輩の方達がホンワカしているだけじゃない。

私は無論、そんな通俗的な本音は隠し、体裁《ていさい》を形作る。

「地元の方と、いいコミュニケーションを取れましたよ」ハハハ……。

だいたい、〃美人の湯〃に男が入るっていうのが変だろう。通常は女性用の浴場だが、開放感に人気のある露天なので、混浴になる時間帯もあるということだったが。

まあ、ホテルの支配人が、こうしてカウンターに立つこともあるような小さな温泉ホテルだから、いろいろと企画に苦労はしているんだろうな。

「光章《みつあき》さん、お待たせ」

ああ……。その甘美な声に、私はゆっくりと振り返った。振り向くまでの時間さえ、慈《いつく》しんで味わうように。

洗い髪の風情《ふぜい》を漂わせている今の長代一美《ながしろかずみ》さんの微笑は、艶《つや》やかな蠱惑《こわく》がにおい立たんばかりだった。温泉の効用で肌も柔らかそうに上気していて、日頃のクールさとはまた一種違う美貌に接することができるこの至福。ドキドキのありがたさだ。

彼女の横には、私の従兄弟《いとこ》、龍之介《りゅうのすけ》がいる。二十八歳の彼よりも、一美さんは若干年下だが、彼女のほうにこそ、社会的なキャリアに裏打ちされた、知的で凛《りん》とした風格が感じられる。だが実際は、いわゆる頭のよさというものに関してだけなら、龍之介は群を抜いているのだ。童顔の見た目どおり、はなはだ頼りない男ではあるけれど。

私と龍之介はホテルの浴衣《ゆかた》姿だが、一美さんはカジュアルなパンツルックだった。アメリカでの留学生時代が長かった彼女は、バスタイムを連想させるような格好で宿泊施設内や戸外を歩く気にはなれないと言うのだ。ちょっと残念。

でももちろん、そんなことは問題ではなく、私は自然と笑顔になっている。すっかり温泉気分です。

「ハハハ、待ち時間だってなんだって、楽しくて仕方がないですよ。すっかり温泉気分です」

一美さんと龍之介が寄って来るタイミングで、反対側からも人声が近付いて来ていた。

「あんた本当に、あの人の顔、覚えてないの?」

髪を薄茶色に染めている、派手なトレーナーを着た若者が、三十歳ほどの男性従業員に声をかけているのだ。若者は、同年齢の女性との二人連れだった。女性は、先端が丸い、触角のような飾りのついたヘアバンドをしている。

カウンターを挟んで、若者が、

「少し背の高いおじさんだぜ」

と、大きな声を張りあげる。

「いえ。私は、おっしゃられているような方には、本当に心当たりが……」

困惑している従業員のほうに、池渕《いけぶち》支配人は二、三歩移動した。

「どうした? 落とし物の件だろう?」

「はい」

従業員の手の平には、小さく薄い、樹脂製品のような四角い物が載っていた。デジタルカメラかなにかのメモリーカードらしい。それが落とし物なのだろう。所定のケースに入っていて、なにも書き込まれてはいない。

「館内放送をかけましたが、まだどなたもいらっしゃらず……」

私もデジカメを持っているので、自分のではないだろうな、と記憶を探り、その場に立っていた。

「すぐに反応がないのは仕方ないにしてもさ」と、若者が身を乗り出すようにして言い募《つの》る。「オレ、あんたの言うことが不思議なのよ。判る?」

「どういうことなのかな?」

と、池渕支配人が従業員に尋ねる。

「はあ……。こちらは、私がその落とし主のお客様と言葉を交わしているのだから、顔も知っているはずだし、探しやすいはずだ、とおっしゃるのです」

「せっかく届けてやったのに、おかしなケチをつけられてるみたいでさ」

若者が、メモリーカードを拾って届けたというわけか。

「落としたその人、『フロントはどこか?』って、この人に訊《き》いたはずなんだぜ」

「いえ。私、本当にそのような覚えはないのです」

従業員は、信じてください、と訴えかけるような視線を支配人に送る。

なにやら不思議さをはらんでいる話でもあるようなので、そうした話題に興味を懐《いだ》くタイプの一美さんは、この場でさりげなく足を止めていた。龍之介もそうだし、私も、話の成り行きに興味があった。

支配人に促《うなが》されて従業員が語ったのは、このような内容だった。

彼はお得意さま一行を見送りに、正面玄関の外に出ていた。お客の出入りはけっこう多かったらしい。丁寧に見送ったわけだが、その時に、落とし物の主が彼に話しかけたはずだ、というのが落とし物を拾った若者の主張だった。

従業員に続いて、若者はこう話した。

「オレは、外から帰って来たところだったの。それを落とした人の何メートルか後ろだ。何人も人がいたけど、落としたおっさんは一番後ろにいたから、様子はよく見えた。背広のポケットから、なにか小さな物が落ちた。ゴミかと思ったんだけど、近付いてから見ると、それだった。で、拾ったんだ。おっさんは、フロントの場所をその人に訊いたりしたけど、連れと話しながらサッサと歩いて行ってしまった」

「お客様は、その男性を追いかけようとはなさらなかったのですか？」

かなり口調に気をつけて、支配人が若者に訊いた。いぶかしがるニュアンスなど、微塵《みじん》も出さないように。

「あたしがコウちゃんを止めちゃったから」

応じたのは、連れの女性のほうだった。

「あたしは、ホテルから出て迎えに行くところだったの。ちょうど、玄関を出たところで鉢合わせ。コウちゃん、約束の時間より遅れてたから、ホテルの中に戻りながらなじったりしたのよ、あたし」

彼女をなだめ、押しとどめてから、落とし物を拾った事情を説明し、若者はフロント方面に向かったが、それらしい人物を見つけることはできなかったということだ。

それで、玄関先から引き返して来た従業員に、落とし物を手渡したわけだ。

「オレは後ろ姿をなんとなく覚えているだけだけど、あんたなら顔もしっかり見ているだろうって、言ったのにさ。あのおっさんに訊かれて、あんた、身振りかなんかで答えていただろう」

「いえ……」従業員は眉間《みけん》に皺《しわ》を刻み、真剣に記憶を探る様子だった。「どうしても、そのような覚えが……」

これは、謎と言えば謎だな。一人の男性の存在が、宙に浮いている格好だった。ミステリー小説などで言うところの、〝見えない人〟の問題ではないか。

ホテルのこの従業員が、わざわざこうした嘘をついているとは思えない。どちらかといえば、せっかく落とし物を届けるという善意の行ないをしたのに申し訳ないが、いい加減な話をしそうなのは若者のほうだ。しかし、こんなことをして、彼らになんの得がある？　それとも、従業員には、口をつぐまなければならない後ろ暗い秘密があって……とか？

若者が、苛《いら》立ったように口をひらいていた。

「これを落としたあの人、連れとおしゃべりしながら歩いていたろうが。ちょうど花火が打ちあげられていたから、その音で、なにを話しているのかは判らなかったけど」

「あたしは、少し聞こえたよ。すれ違う時。『お祭り日和《びより》』って言ってた。陽気に、変なイントネーションで。顔形は細かく覚えてないけど」

お前は、と言いかけたのを、君《きみ》は、に改め、支配人が従業員に確かめた。

「こちら様が通り抜けたことは覚えているのかな？」

「いえ。それも、特には……。あの時間帯は、来館なさるお客様が多く……」

つまり、若者が通りすぎた後にも、何人もの客が入って来た。だから、若者がどの時点でのことを言っているのか、従業員にはいっそう判りづらい、ということなのだろう。本当に、落とし主と言葉のやり取りをしていたのなら、それを忘れるはずなどないが。

どういうことなんだろう？

嘘があるのか、錯覚があるのか……。

従業員は、見た目にも気の毒なぐらいに困った様子で、汗を浮かべている。

私が、どう思う？　という意味の目を一美さんに向けた時、

「もしかしたら、その人……」

と、龍之介がポロリと言った。

この声はみんなに届いたようで、向こうの四人も一斉に、龍之介に視線を振り向けた。こうなると、途端に萎縮《いしゅく》してしまうのが、我が従兄弟《いとこ》だ。うつむくようにして顔

を背《そむ》け、身を隠す場所を探すようにモジモジする。

「なにか思いついたのなら、言ってみては?」保護者さながらに、一美さんが龍之介を力づける。「みんなの意見交換の始まり、ということで」

出逢ってしまう不可解な謎を(時には犯罪も含まれる)、龍之介がたちどころに解いてしまう場合もあることを、私と一美さんはよく知っている。この男の閃《ひらめ》きは、バカにはできないのだ。

どうぞ、と支配人にも急《せ》き立てられ、龍之介は言った。

「そ、その落とし主は、イタリア人だったのではないでしょうか」

「はあっ!?」

と、若い男女が目を白黒する。ヘアバンドの触角が揺れた。

「イタリア人?」

私も聞き返した。

龍之介以外はみんな、呆気《あっけ》に取られた顔付きだった。……ただ、従業員の表情の中だけには、パッと明かりが灯《とも》ったようではあった。

「どうして、イタリア人なんてことになるんだ?」

説明を私に催促され、龍之介はオズオズと話し始めた。

「え、えーと、ポケットに穴があいていない限り、突然その中から物が落ちることはないでしょうから、お、落とし主の男性は、ポケットから携帯電話を取り出したところだったのではないでしょうか。その時、ポケットに一緒に入っていたメモリーカードが落ちてしまった」

携帯電話……？　それで、どうなる？

「落とし主は、後ろから歩いて来ていたそちらの男性からは見えにくい角度のほうの耳に携帯電話を当てたのではないでしょうか。それは、ホテルの方《かた》からは見える角度だった。あ、あの……」

と、龍之介は遠慮がちに、年下の男に問いかけた。

「その落とし主は、『フロント』とだけ口にしたのではありませんか？」

「……なにかブチブチ呟《つぶや》いてから言ったと思うな。だから、フロントのなにかを訊いたんだと思った……。『フロント』の後も、なにかしゃべっていたし」

「『フロント』より前に口にした呟きは、日本語で言えば、『あいつからかな？』みたいなものだったのではないでしょうか。その直後に電話に出たその人は、声を高めて

『もしもし？』と言った。イタリア語でこの呼びかけは、『プロント？』です」

「うっ……」

若者が息を詰まらせたような声を出す。

ホテルの従業員は、ゆっくりと頷《うなず》いている。

「そういえば……」一美さんが、見えてきた事実を味わうように言った。「聞いたことがあるわ、それ」

プロントとフロント……。

「ざ、雑音で聞き取りにくかった外国語の中で、日本語に近い響きの単語だけを、聴覚と意識が捉《とら》えてしまう、ということはあると思います」おとなしく龍之介は分析する。「しかも、ホテルという場所柄から、聞こえた単語をそれにふさわしい意味に置き換えてしまった。『フロント』と言ったのだろう。言ったはずだ、と」

支配人が感心したように唸《うな》った。

「それに、『お祭り日和』のほうですが……」

と、龍之介は続ける。

「それは、イタリア語で花束を意味する、un mazzo di fiori だと思いますよ。後半の部分は、堅苦しく発音すればディフィオリでしょうが、日常的な言い方ではビヨリにも近くなります」

そうなのか……！

言語能力にも秀《ひい》でている、IQ190の天才・天地《あまち》龍之介の本領発揮だな。とても天才には見えない奴だけど……。風貌のイメージは、縁側でボーッとしている、風呂あがりの子供みたいな感じなのだ。

その大人子供が、たどたどしく弁を進める。

「メモリーカードを拾われたそちらの男性は、そ、それを拾う動作をしたはずですし、カードに目を凝らしている時間もあったはずです。その間に、『フロント？』の問いかけに対して、従業員の方が身動きしたのを視界の隅で捉えただけだったのではないでしょうか」

「うっ……」

若者はまた息を呑んだ。確かにそんな状況だったと認める目の色だった。

従業員のほうは、また、ゆっくりと頷いている。

「従業員の方は、お得意様への挨拶をしていたのかもしれませんし、来館する他のお客達に挨拶をしていたのかもしれない。それが、そちらの男性には、フロントを教える身振りをした、と認識されたとも考えられます。しかも、携帯電話で話しているのを、誰かとおしゃべりしていると思い込んだ。連れがいた、と信じてしまったのです」

たまたま近くに、赤の他人がいただけだったのかもしれないわけだ。

龍之介が、最後の説明に話を進めた。

「そちらの男性は、二人連れの宿泊客の一人が、従業員さんにフロントのことを訊いたはずだと信じ込んでいた。その同じ出来事が、お得意様を見送ることに気を取られていた従業員さんにとっては、携帯電話で話している一人の外国人が通りすぎていっただけのことにすぎなかった」

「なるほどね……」

一美さんが締めくくる。

「両者の認識のそのギャップの中で、落とし主は消えてしまったというわけね」

イタリア人なら髪の毛も黒いだろうし、しっかり顔を見ない限り、外国人だと判らない場合もあるだろう。

「それに」私も口をひらいた。「日本語がほとんど理解できないのなら、館内放送に反応がないのも頷けますよ」

若い男女は、そうだったのか、という顔を見合わせている。

明らかにホッとした様子の従業員が言った。

「支配人、イタリアから三人連れのお客様がみえています。先ほどはお一人で歩かれていたようですが。通訳の方に事情を伝えましょう」

よし、そうしてくれ、と指示した池渕支配人が、私達のほうに笑顔を向けた。

「ありがとうございました。鮮やかでしたな」

「いやいや」

なぜだか私が恐縮する。またしてもお手柄の龍之介は、穏《おだ》やかに微笑んでいるだけだ。

「本当に助かりました」

中年支配人の粘《ねば》っこい笑顔を見ているうちに、私はふと、混浴の話題がまたぶり返されるのではないかという不安に駆られた。一美さんの前で、それはやめてくれ。

「じゃあ」

と、軽く、慌ただしく支配人に挨拶をすると、私は一美さんと龍之介をフロントから引き離した。

そして、三人だけになると、ちょっと気になっていたことが意識に戻り、私の胸の底を疼《うず》かせた。

なんだって、一美さんは龍之介と連れ立って出かけたりしたんだろう。三十分ほどで戻ります、のメモがあって、私は一人になってしまった。彼女は、私の……そのう、恋人に近いガールフレンドではないのか。

一人になってしまったから、こっちは、混浴風呂へ出かけて時間をつぶそうなんてしたんだ。そこまでこそこそする必要はないのに、裏の出入り口まで使って。

「一美さん……」

私の口は動いていた。

「その……、どこに行っていたんですか?」

「ちょっとブラブラと。龍之介さんはボディーガード」

血の巡りのよさはともかく、ボディーガードとしてこれほど当てにならない男が、この世に二人といるだろうか?

私の疑問の色に、一美さんはすかさず応《こた》えた。

「光章さんの姿が見えなかったから」タバコを買いに出ている間のことだった。「独り歩きでさえなければ、夜道といっても全然心配はないでしょう」

私は一応、納得の表情を浮かべた。せっかくのバカンス気分を曇《くも》らせることはない。

「次の予定は間欠泉《かんけつせん》見学だから、また外へ出ることになるけど?」

「ええ。行きましょうよ」

と元気な一美さんに比べ、龍之介には、ちょっと後込《しりご》みする気配が生まれた。幽霊館《やかた》と呼ばれている建物に近付くことになるからだろう。

駿河《するが》湾に面するこの温泉地を選んだのは龍之介だった。去年の秋口、祖父・徳次郎《とくじろう》が亡くなるまで、ずっと小笠原《おがさわら》諸島の小島で暮らしていた彼は、やはり海が好きなのかもしれない。

その辺鄙《へんぴ》なほどの田舎《いなか》で、彼は、様々な分野の研究者であった祖父と、学究三昧《ざんまい》の生活に明け暮れていた。そのうえ、持って生まれた性格も穏当極まりなく、内向的なものであったらしい。天地龍之介は、私から見ると化石のように古風で、間が抜けているほどに素朴《そぼく》な男だった。都会生活には馴染《なじ》めずオタオタしているし、世俗の流行とも無縁で、女心などとはもっと無縁だった。

「龍之介さん、足は大丈夫？」

まさに六月——初夏にふさわしい夜風の中を歩きだすと、一美さんが龍之介の足元に目をやった。

「足をどうかしたのかい？」

「踏まれちゃっただけです」恥ずかしそうに龍之介が笑う。

「それもご丁寧《ていねい》に、この温泉地でハイヒールを履《は》いている女の人にね」

「踵《かかと》で？」

淡い笑顔のままで頷く龍之介。

それは痛いわ。龍之介は私と同じく、ホテルが用意している突っ掛けを履いている。そして、素足だ。そこへハイヒールの踵。

「あれは、たまらんからなぁ」通勤電車でのかつての体験、その痛撃を私は思い出す。

「面積当たりの体重のかかり方がきついのよね」

「そうですね」龍之介の目に、ふっと数字マニアの光が浮かぶ。「体重が、たとえば……、一美さんの体重は幾《いく》らですか？」

だから、さらっと訊くなよ、そんな極秘事項を。ダイエットに効く温泉だからと、一美さんはこのホテルをリクエストしたぐらいなんだからさ。このプロポーションでどこをそんなに気にしているのか、私には不思議でしょうがないけどね。

「――」

沈黙が張り詰めるのを避けるべく、私は口をひらいた。

「オレの体重は六十六キロだぞ」

「六十六キロ。では、まずは紳士靴の踵で計算してみるとして、踵の面積も、判りやすく六十六平方センチメートルにしましょうか」

数字的な話題が出てくると、律儀に計算を始めてしまうのが龍之介だ。

「片方の足に体重の半分がかかるとして、三十三キロ。その重さが踵だけに集中すると、一平方センチ当たりの力――圧力は、〇・五kg重／㎠程度になりますね。ところが、ハイヒールの場合、踵の面積が一平方センチだとすると、その圧力は三十三kg

重／㎠になってしまいます」

それは痛いよな！　言うなれば、紳士靴の踵の場合は六十六倍に薄まっていたものが、一点に集中するようなものだ。一平方センチの足の上に、三十三キロの重さ！ご家庭用米袋が三つ以上だ。

「女性の体重が四十六キロだとしても、二十三kg重／㎠が一点に集中するわけですからね」

六十六倍は勉強になったが、一美さんの興味がついてきていない。

私は、

「ハイヒールを履いている女性には近付かないことにしよう。特に、こうした裸足《はだし》の時は」

と言って、この話題を打ち切りにした。

まったく悪気なく、それでいて微妙に雰囲気を掻《か》き回してくれるこの従兄弟《いとこ》は、祖父の死後、東京の中野区《なかの》にある私の部屋に居候《いそうろう》している。お互い貧乏だったのだが、彼には徳次郎がまとまった遺産を遺《のこ》していることが判明したのだ。かなりの高額だった。

お世話になっているご恩返しがしたい、ということで、龍之介が今回の温泉旅行を提案してくれた。私と一美さんが揃《そろ》ってゆっくりと時間を取れるこの週末、それが実現したわけである。

旅行のスポンサーを、ないがしろにはできない。しかし、一美さんと二人切りになれないことに、一抹《いちまつ》の抵抗感を覚えるのも事実だった。

そしてやや寂《さび》しいのは、こうした付き合い方を、一美さんがすっかり受け入れている点だった。龍之介さんをまいて二人だけになりましょう、などという素振りや誘いがまったくなかった。三人グループで楽しむことを、ごく自然な流れにしてしまっている。彼女は、龍之介と、兄妹《きょうだい》のように気兼ねのない接し方をしているのだ。どう見ても、一美さんが姉で、龍之介が弟のように見えるし、そのような力関係になっているわけだけど。

まあ、私も、こうした関係が心地よくないわけではない。一美さんは私にとって、たとえれば、自分の弟とも仲のいいガールフレンドのような存在だ。

三人は道を曲がり、海岸線に向かってテクテクと歩いていた。

時刻は九時近くで、星も月も厚い雲に覆われている暗い夜だったが、そぞろ歩く人達の姿はチラホラと見えている。

細い道は、足音を吸い込むような石畳。両脇には立木が並び、その奥が林のような暗闇に通じている場所もある。

「街灯の明かり、貧弱ねぇ」

何気ない感想のように口にしたが、一美さんの口調には、珍しく若干の不安感が滲《にじ》んでいる。

明かりの貧弱な街灯が、また、疎《まば》らにしかないし。

観光地とも思えない薄ら寂しい道を歩いていると、その建物が見えてきた……。

地元の人達が、密《ひそ》かに幽霊館と呼んでいる廃屋《はいおく》だった。ホテルの支配人池渕などは、そんな呼び名の建物は知らないとしらばっくれていたし、根拠のないその手の噂話はどこにでもあるでしょう、と笑っていた。

道の右手にある木々の茂みの奥で、幽霊館の入り口は街灯にぼんやりと照らされている。金網のフェンスに囲まれた三階建てのその建物は、エントランスを円柱が支えているという外観だった。

龍之介の臆病さを充分に知り尽くしている私と一美さんは、あれが幽霊館か、など

とは口に出さなかったが、龍之介が自分で、

「あ、あれが……」

と、たまらなそうに声を漏《も》らしていた。歩調が鈍《にぶ》り、腰が引けている。

「館と言うより」私は実感を口にした。「空きビルみたいだな。玄関先の造りは洋式だけど」

窓には一切、明かりがなかった。石畳のこの道からは十メートルほど引っ込んで、その地所がある。かつては、地元の物産を陳列する場所であり、土産物屋《みやげもの》でもあり、一部は資材庫にもなっていたらしい。

昼間見れば、どうということのない、コンクリート製の空き家なのだろうと思う。しかし、闇に沈んでいる今は、確かに、ちょっと近付きたくない雰囲気を持っている。

明かりの消えている建物は、多かれ少なかれうら寂しいものだが、それとはまた別種の冷気が、この建物にはある。

これは……死んでいる建物なのだな、と感じてしまうのだ。

都合のいい時には利用されるが、それ以外は見捨てられ、死んでしまっている。

哀れさや、もの悲しさも感じる。そして、奇妙な腹立たしさも……。もしかすると、それらの感情の波は、人間の身勝手さに向けられているものなのかもしれないが。取り壊すのにもお金がかかるので、この建物は利用目的を模索されながら、屍《しかばね》を風雨にさらし続けてきているのだ。

意味ありげに生暖かい風を受けて、一美さんが言う。

「バブル景気の時につぶれたというから、珍しいわよね」

「それも、あの中で心中《しんじゅう》した従業員の祟《たた》りだという話でしょう。今でも時々、呪《のろ》われた亡霊が飛び回るとか」

私達の話し声から顔を背ける龍之介は、恐怖に強張《こわば》りつつ、肩を縮《ちぢ》こめてそっと歩いている。道の左側ぎりぎりを。

その龍之介が、話題を逸《そ》らすように言った。

「あ、あのチラチラはなんでしょう?」

前方で、青い光が点滅していた。

道をそのまま進み、見てみると、看板の電光が壊れているのが判った。

「ライトアップされる間欠泉の場所を知らせる看板みたいだな。故障中だ」

高さ数メートルの鉄塔の上に、大きな看板があるのだが、背景である青い電光管以外は明かりを失っている。しかも残っている青い光も、一秒間隔ぐらいで明滅を繰り返しているのだ。周囲の景色がせわしないフラッシュで照らされ続けているようで、落ち着けなかった。

「じっと見ていると、目がクラクラしてきそう」

一美さんが眉を寄せると、龍之介が真面目《まじめ》な顔で応じる。

「あのタイプの光刺激では、てんかん発作《ほっさ》を起こす人が出る危険もありますね。早急に修理すべきですよ」

なんて話していると、看板全体の明かりがまぶしく灯った。それは不安定に瞬《またた》き、また青一色だけになってしまった。接触不良のようだ。

私達は道なりに左へ曲がり、街灯や案内灯が、青いフラッシュの効果を弱める場所へと進んだ。そこは小さな岬の突端に近い場所で、道の左側は岩場だった。岬の先には、駿河灘の海が黒々と横たわっている。ここまで来ると、潮騒《しおさい》の音も聞こえ、磯の香りが風に混じる。

道はグルリと回り込み、間欠泉と同じ高さにある見学場所へと下っていくが、岩場の向こうから、潮騒とは違う音が聞こえてきているような気がした。私は、低い岩場に手を突き、下を覗《のぞ》き込もうとした。唸るような音が、高まっていく。そして、私と同じようにして龍之介も首をのばした時、いきなりそれが姿を現わした。

巨大な、黄色い光の柱が、激しい飛沫《しぶき》と共に天へとのびあがっていく。

「あわっ！」

という奇妙な叫びをあげ、龍之介がひっくり返りそうになる。

「しっかりしろ！　これを見に来たんだろうが！」

噴きあがる間欠泉の轟《とどろ》きがすさまじく、怒鳴るようにしなければ声が通らなかった。

光の柱は、ライトアップされた間欠泉である。八分から九分に一回の割合で噴出する熱水が、今は黄色いライトで照らされている。次は赤、その次は緑、と、違う色で彩《いろど》られることになるのだ。

「すご～い！」見あげる一美さんの歓声。「かなりの高さね！　きれい！　迫力、迫力！」

高さは十五メートルにも達するのではないだろうか。岩場の向こうなので、下のほうは見えない。

黄色く輝く熱水の柱……。それは、幻想的に美しかった。鄙(ひな)びたこの温泉地にはもったいないぐらいの、壮麗な景観だった。

夜空は黒雲に覆われているので、光の柱の頂上との対比が鮮やかだった。柱から生まれる大量の飛沫は、海のほうへと流されていく。

「すごいですねぇ」私と一美さんよりは後ずさった場所で見あげている龍之介が、少し間を置いて言った。「でも、自然は自然のままで観賞させてもらうのが一番なのかもしれませんけど……」

龍之介らしい感想に苦笑し、私と一美さんは同時に振り返った。

「えっ？」

声をあげたのは私だが、一美さんも表情を凍らせた。

龍之介のずっと後ろ、幽霊館のそばの空中に、青白い人影が浮かびあがっていた。

2

青白く――青く人影を照らし出したのは、例の壊れた電光看板だった。人影がパッと見えたのは、幽霊館の裏側、西に面した壁の近くだった。ここからは二十メートルほどの距離か。壁を、ほぼ真横から見る位置関係だった。

館の裏半分には、看板以外の明かりはまったく届かず、電光が消えている瞬間には、そこには建物もないかのように、一面が闇に覆われてしまっている。網膜に残る光の残存効果が、闇を強調してもいるのだろう。

そのまったくの闇を、一瞬、青いフラッシュライトが切り取る。看板の鉄塔を囲む塀自体が影を作って、幽霊館の二階の窓から下は闇に埋もれたままだが、その境界線より上に、普通ではない人影があったのだ。空間に躍りかかるような姿。後ろ姿だ。壁から二メートルほど離れているだろうか。

もちろんそれは一瞬の映像で、私は、「人間だ!」と直観しただけだった。

一転して深い闇。そして、一秒後の青い光。

そこにまた、人影が現われた。先ほどよりも、フワリと上空に浮かびあがっている。和服だ。裾《すそ》が空中を漂っている。青一色の着物。——いや、青い光で照らされているからそのように見えるだけなのかもしれない。あれは——白い着物ではないのか？　白装束《しろしょうぞく》……！

そしてまた、瞬時に闇。一瞬の明滅。

三度めにもそれは見えた。三階の窓辺りの高さまで、それは浮遊していた。

女だ！

それが、三度めで得た直観だった。長い髪の毛が横に広がっている。乱れる裾から覗く、華奢《きゃしゃ》な足……。

私達のただならぬ視線をたどって振り返った龍之介も、三度めの映像は目にしたようだった。

「あれは……!?」と、息を呑んでいる。

見えたのは三回だけだった。もう、フラッシュライトはなにも照らさない。尋常でないものは。

妖《あや》しの世界と交錯した三齣《こま》だけの切片《せっぺん》。

幻のような、空中の人影……。

私達の後ろで、巨大な存在感が背丈を縮めていた。熱水の柱が勢いを減じているのだ。時間にすると十五秒ほどのものか。

間欠泉の轟音が消え去ると、辺りは深すぎる静寂に押しつぶされた。耳の中で静けさがこだました。敏感になった聴覚が、潮騒に混じる虫の音《ね》までを拾いあげる。

しかし視覚のほうは、痙攣《けいれん》するような青い光の中に、意味あるものをなにも見いだすことはできなかった。

私達は顔を見合わせた。

「今のは……なに?」

三人の中では、もしかすると最も気丈ではないかと思われる一美さんも、声をぎこちなく震わせている。

後《のち》に判明したことだが、私達以外にも数人、空中を浮かびあがっていく人影の目撃者がいた。我々よりもっと西にいた人間は、浮遊していた人間の影が壁に映っていたのも目にしたという。つまり、あれは映像的なトリックや幻影ではなく、やはりなんらかの物体だったということだろう。

「人形には思えなかったけど……」

私の、少なからず現実的な意見に冷静さを取り戻したかのように、一美さんは分析的な目を幽霊館のほうに向けた。

「行ってみましょう」

「えっ!?」と仰天《ぎょうてん》した龍之介は、発言者の正気を疑う、という目の色だった。「な、なにを言ってるんですか、長代さん。見たでしょう、い、今の。なにが起こっているか判らないのに……」

「肝試《きもだめ》しのイベントかもしれないわよ」一美さんは落ち着きを取り戻していた。「反対側の二階の窓に、懐中電灯の明かりらしいものが見えたもの。いま行けば、裏方の仕事が見学できるかもしれない」

歩きだした一美さんの後に、私も続いた。一人になるのも耐えられないので、龍之介もしぶしぶついて来る。

歩きながら私は、現実的に頭を働かせた。

空中を漂流したあの人影は、人形とは思えない存在感があった。しかし、あのようなショッキングな演出のもとで突然見せつけられれば、精巧な人形であれば人間に見

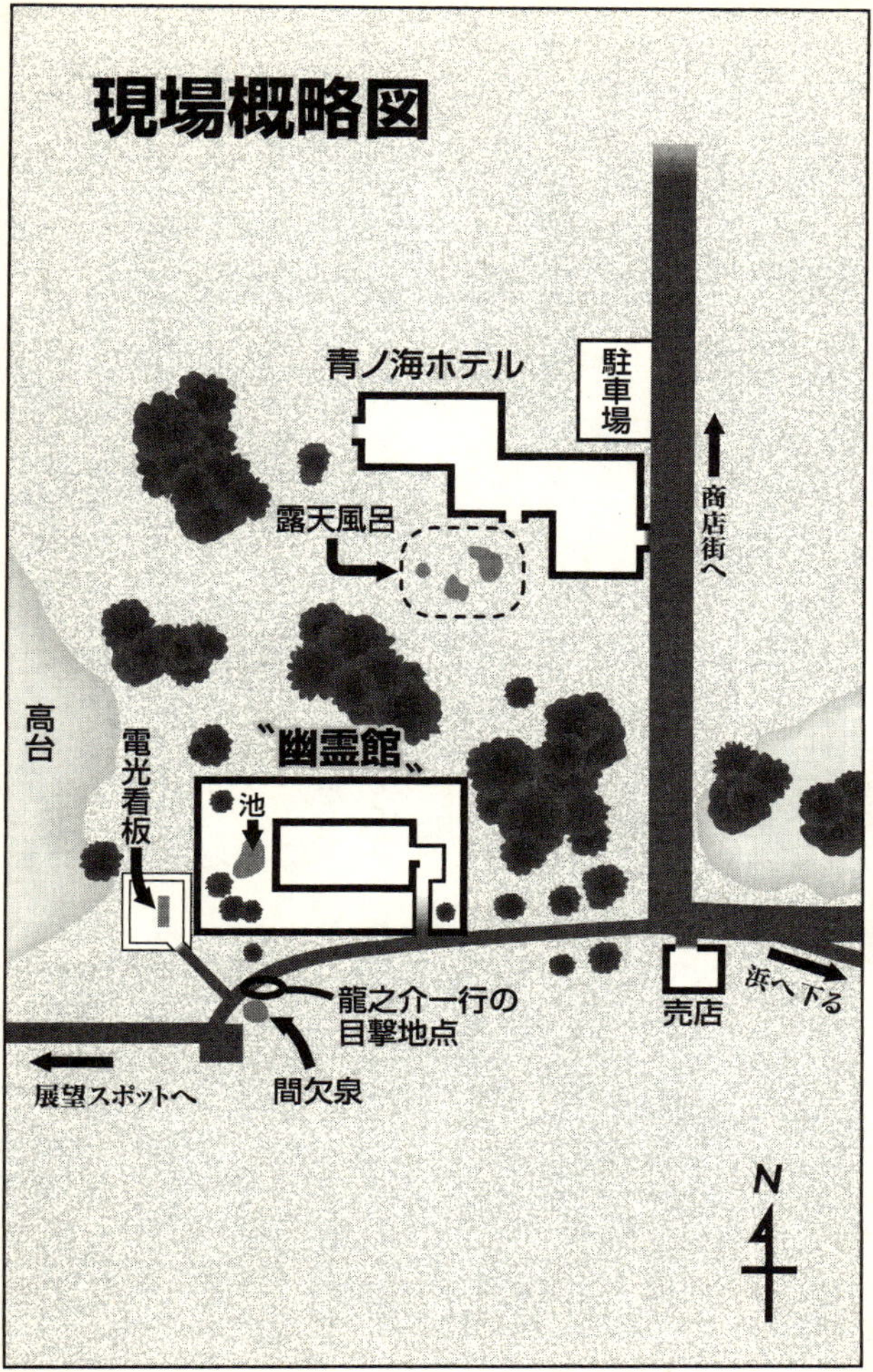

現場概略図
青ノ海ホテル
駐車場
商店街へ
露天風呂
高台
電光看板
"幽霊館"
池
龍之介一行の
目撃地点
売店
浜へ下る
展望スポットへ
間欠泉
N

えてしまうこともあるのかもしれない。そして、人形にしろ人間にしろ、あのような現象を見せたということは、ピアノ線か細いワイヤーで吊り下げられていたのだろう。三階か屋上へ行けば、その種の仕掛けを発見できるかもしれない。イベントのスタッフが、笑顔で出迎えてくれるかもしれないし。

どうということはないじゃないか。

と思ったはずだったが、いざ館の玄関前に到着してみると、やはり気後《きおく》れに襲われた。観音開きの扉はひらかれ、色濃い闇が待ち受けている。湿った風が、やけに生暖かい。

一美さんが果敢《かかん》に踏み込んで行くので、私としても立ち止まってはいられない。中は、真の闇だった。窓が一枚残らずベニヤ板らしき物で塞《ふさ》がれているので、完全な暗闇なのだ。

目を窄《すぼ》めた一美さんが、入り口脇の壁を手探りしていた。カチッと音がし、明かりが点《つ》いた。

「電気はきてるのね」

さすがにその声には、ホッとした感情が流れていた。

照明があれば、気分的にはだいぶ違う。目の前には、ガランとした、広いスペースがあった。奥の壁までは、十数メートルの距離だ。奥行きの長い建物だった。家具調度はなにも残されていない。

入り口辺りは、砂埃《すなぼこり》があるけれど、ゴミが溜まっていたり散乱しているという様子はなかった。砂埃には幾つもの足跡があるので、長く無人だったということはないのだろう。一美さんが言ったとおり、誰かが懐中電灯を持って入っている可能性もある。

壁紙はすっかり変色し、破れ、天井近くでは特に染みが目立っている。壁の隅には黒ずみが浮かび、それはさながら、こびりついた闇か、この建物の不健康な体液のようにも見える。

強いにおいはないので、死臭を連想することはなくて済んだ。

私は、ただの空きビルだ、と思おうとする。

床も壁もコンクリートで、人が潜《ひそ》める死角はどこにもなかった。

左手に、二階に通じる階段があった。

「う、上から、なにか聞こえてきませんか？」

まだ充分に萎縮《いしゅく》している龍之介の声は、自然に潜められている。

耳を澄ませると、確かに、ザワザワとした物音が聞こえてくる。

「何人か、人がいるみたいね」

一美さんの声も低められていた。

二階に進む前に、私は、一階の奥に注意を向けた。そこにはもう一部屋あるようだが、ドアもはずされて、戸口としての空間が四角くあいている。

ここはちょっと、男として先陣を切らなければと思い、私は歩いて行って奥の部屋に首を突っ込んだ。そこも一目で見渡せる空《から》っぽの部屋で、建物のどん詰まりだった。明かりを点けてみる。裏口があったが、古びた南京《ナンキン》錠が掛かっていた。怪しげな痕跡はどこにもない。

それを身振りで示しながら広間へ戻ると、階段から、小さく足音が聞こえてきた。おりて来る足が見える。意外なことに、小さな足……、細い足だ。

現われたのは、少年だった。Tシャツに半ズボン姿で、懐中電灯を手にしている。

「あの……」

と、声をかけてくる。

どう話を切りだすべきかと思案している間に、彼の後ろから大人の男がおりて来た。そして、私達に訊く。

「あなた達は?」

それはこちらのセリフでもあるはずだった。

応じたのは一美さんだ。

「〝青《あお》ノ海《うみ》ホテル〟に宿泊している観光客です。三階の外でおかしなものが見えたものですから、ちょっと様子を見に……」

「三階の……」男の眉が弧を描く。「外!?」

「あなた達がなにかやったのでしょうか?」

男の後ろには、二人、三人と、子供達が姿を現わしていた。

「いえ、私達は、まだ二階までしか行っていませんし……」戸惑いがちに男は言う。

「どんなものが見えたと言うのです?」

そこで私達は、互いの事情を突き合わせることになった。

三田村《みたむら》学《まなぶ》と名乗ったのは、地元の小学校の教師だそうで、年齢は三十代の後半と見受けられる。彼らはそれこそ、肝試しにやって来たのだそうだ。教え子の中から希望者を募り、親の許可を得て、幽霊館に乗り込んで来たわけである。

彼らの学校の恒例行事だという。三田村自身、最近の子供達は精神的な冒険から隔離されすぎている、と考えている様子だった。見た感じ、三田村先生はマッチョで押しが強いタイプではなく、むしろ穏やかな文学者を思わせる風貌ではある。

肝試しへの参加児童の数は、男女合わせて八人。懐中電灯を握ったり、ライトをベルトで頭に取りつけたりしている。

「この建物へ入るまでは、やっぱりだいぶグズグズしましたね。気持ちを慣らすように、一階でゆっくり歩き回りました。なにもない場所ですけど」

「時間的にはどうやら」と、一美さんが応じる。「皆さんが一階を探検している間に、わたし達はこの建物の入り口辺りが見える場所を通りすぎた、という感じですね」

話しながら我々は、二階に足を進めていた。

照明を灯したところで、噴出する間欠泉の雑音が生じたので、私達は言葉を休め、手近な所から観察を始めた。このフロアは一階よりは細かく仕切られていて、全部で四部屋あった。ドアは取りはずされている。どれも、コンクリートで囲まれているだけの、すっきりとした空間だった。古びて薄汚れた感じは否《いな》めないけれど。

建物は玄関を東に向け、東西方向に細長い。大まかに見れば、それが三つに仕切られている。一番東側は他と比べて広く、その部分に階段があり、真ん中部分の区画には、通路を挟んで部屋が二つあった。

「この部屋も空っぽですね」三田村が言った。「ここを探検して一分ほどした時に、階段の下から明かりが溢《あふ》れてきたので、引き返してみたのです」

建物の中にあるのは、配管と空調設備ぐらいのもの。一部、電燈が壊れてぶら下がっていたり、塗料跡が滴《したた》る落書きがあったりして、それが現代版の幽霊屋敷としてはプラスの演出になっているかもしれない。

「空中を浮かびあがって消えた、女ですか……」

三田村が、私達の話を反芻《はんすう》して考え込んでいた。その話を聞いてから、子供達の大《おお》方《かた》は怯《おび》えた表情になり、今も東側の広い部屋で一塊《ひとかたま》りになっている。

私は小声で、三田村先生に訊いてみた。

「あなたが、肝試しの出し物として、なにか仕掛けておいたのですか?」

彼は、まさか、という驚きの表情だ。

「どんな仕掛けもしていませんよ。肝試しといっても、子供達を驚かせるものではありません。私としましては、幽霊館なんて呼ばれているけれど、なにもないよな、と、乗り越える体験をしてほしいだけですから。それに、人が浮かんで消えるなどという大掛かりな仕掛け、私にできるはずがありません。一介《いっかい》の公務員ですよ」

一美さんが言い添える。

「それに、せっかくの仕掛けを子供達に見せないというのも矛盾ですしね」

私と一美さんは西端のスペースに入っていた。ここも、一目で見渡せる、四角いだけの空間だった。窓は、スライドさせて開け閉めするごく普通のタイプで、すべてクレセント錠が掛かっていたし、機械やそれを設置していたような痕跡はどこにもなかった。

私達は真ん中の区画に戻り、東側のスペースの戸口にいる三田村に訊いた。

「三階には行っていないのですね?」

「ええ。まったく」

教師が目顔で問いかけると、子供達も一斉に頷いた。

「階段から目を離したことは?」私は質問を重ねる。

「いえ。二階にあがってからは、まだ奥へは進んでいませんでしたから。私達に気付かれずに階段を使うのは無理ですね」

「すると、三階か屋上でなにかをしていた人間がいれば、袋のネズミってわけだ」

「誰かいるんでしょうか……」

三田村は階段に向かいかけたが、ふと、その足を止めた。彼は、ゆっくりと子供達を見回す。

「私と子供達はここにいることにします」

三階で怪しいことが行なわれているのなら、子供達は近付けないほうが安全だと考えたのだろう。「えー、行きたいよぉ」と言う不満の声もあがるし、隣の子の手をギュッと握る子供もいる。

「一美さんもここにいたほうがいいよ」

「いいえ、行ってみます。ここには、龍之介さんに残ってもらうことにして。ね、龍之介さん?」

「え? あ、はい。まあ……」

願ったりの指示に、龍之介は素直に頷く。彼のいる場所からは、階段も、西側スペースの窓も一緒に見えるはずだった。幾つかの窓は死角になるにしても。後方確認の役には立つだろう。

「心配することないわ、光章さん。どうせ三階も、ただの空き部屋だと思う」

「いえ、ちょっと物置風ではあると思いますよ」三田村が言葉を挟んだ。「海浜会館の倉庫が、今は花火職人さん達の仕度部屋になっていましてね。そこに仕舞ってあった物を出して、ここへ運んであるのです。この建物は町の所有でして」

「運んだ物の中に、いわくがあるとか、呪われている品なんかが混じっているのですか?」

一美さんが淡々と訊く。

「さあて。……いや、そんな物は、私の知る限り、なにもないと思いますけど」

「じゃあ、ますます心配ないわね」

彼女の目に、行きましょう、という光が浮かぶ。

「それじゃあ、一美さん、慎重に行きましょうね」

吐息《といき》を隠して私は言った。こうした時の彼女を翻意《ほんい》させることは、あきらめている。

私も一美さんも懐中電灯を借り、階段をあがった。三階に到着し、スイッチを押すと、明かりが灯った。一つ二つ、壊れている照明もあるが。

そのフロアは、二階とよく似た区割りのようだったが、倉庫らしさを感じる造りになっている。天井も高い。そして、三田村が言っていたとおり、いかにも海辺の倉庫に仕舞われていそうな品物が見えた。部屋の隅には、空気の抜けたビーチボールや浮き輪が入っている小さな木箱が置かれていて、メガホンが転がり、短い通路の入り口すぐの所に、大きなのれんがだらしなく下がっていた。『ようこそ、海と温泉のパラダイスへ！』と、現代的な、でもちょっとあか抜けないデザインで、文字と模様が染め抜かれている。

「誰かいませんか？」

私は声をかけ、のれんをくぐって進んだ。すぐ後ろに一美さんがいる。

物音や、人の気配はなかった。

真ん中の区画の左側——南は、壁が三分の一ほどしかない造りの、開放的なスペースで、そこに物が雑多に置かれていた。木箱や段ボール箱が幾つかある。私は、懐中電灯を武器のように握り締めながら、品物を動かしたり箱の中を覗き込んだりしていった。

中古のバルブや金属パイプ、ペンキ一式、スコップ、村祭り用らしい手作りのお面、恐らくビーチバレーのものだろう、ネットや支柱、温泉の効能が書かれた古い表示板、そういった物が脈絡なく放置されている。皮の破れた大きめの太鼓もあり、私はその中まで覗き込んだ。

注意を引くものはなにもなかった。人形がパーツごとに分かれて隠されているということもない。それは間違いがなかった。

北側にある小部屋の窓があいていた。外を覗いても、庭の景色があるだけで、これというものはなにも見えない。部屋もガランとしているだけだ。

一番西側の一部屋に移りながら、私は、空中にいた青い女の動きを思い返していた。彼女は少しずつ上へ向かいながら、弧を描くコースで三階の窓に近付いていた。最後の地点から、屋上へ急速に飛びあがったのかもしれないが、あのまま動いていれば、三階の窓からこのビルに入ったことにならないか。

明かりを点けても、小刻みな青いストロボに満たされてしまう部屋。なにもない部屋だ。それでも周囲に気を配り、私は西側の窓に近付いた。西側には三組、北と南の壁には二組ずつ窓があるのは、二階と同じだった。

西側真ん中にある窓があいていたので、私は誘われるように顔を出した。懐中電灯で照らして、辺りを窺《うかが》う。屋上へ目をやるが、張り出した柱や構造的な突起などはまったくなかった。どこもかしこも、のっぺらぼうの壁である。

下には深そうな池があった。水はきれいなのかもしれないが、長い藻《も》が密集しているようで、幽霊館というイメージのせいか、それは不気味に黒々と見える。私は周囲に高い物を探し、まず西側の高台へ視線を向けた。幽霊館の裏庭は、その傾斜を徐々に高くしていくわけだが、三階の窓と同じ高さになる場所までは、かなりの距離があった。五十メートルから六十メートルほどだろう。

この建物の敷地を囲む金網フェンスの高さは約二メートル。庭の木々も、三メートルほどの高さしかないものばかりだ。

「高さのある物といったら、あの、嫌な壊れ方をしている電光看板ぐらいのものね」

他の窓を点検していた一美さんが、横へ来ていた。

「でも、遠い」私は目を薄くして看板に目を向ける。「距離は二十メートル？　謎の人影を吊る役には立ちそうもないな。あそこからここまで、目立たないロープでも張ったとか？」

「そんな突拍子もない労力を使わなくても、屋上でなにか工夫をすれば充分なんじゃない？　あの手のトリックなら」

「そうだね」

間欠泉が噴きあがった音がするが、ここからはあまりよく見えなかった。

私は窓を閉め、錠をおろした。

屋上に向かうべく、二人で真ん中部分のスペースに戻る。左手の薄暗い小部屋で動く物がなにか見えた気がして、私は首を回した。ドアのない開口部の向こうには、北向きの窓があった。そこに、動いている女の影——。

「えっ!?」

一美さんもギョッとして、驚きの声をあげる。

背後からここまで達している、ストロボめいた青い光。その淡い揺らぎの向こうに、女の姿があった。

——どこから現われたのか!?

一瞬、私の現実感覚は揺らいだ。生命力の消滅しかかっている幽鬼がそこにいるような、なんとも曖昧模糊《あいまいもこ》とした空虚な気配。

怪談話に影響されてしまっているような不合理さを、私は頭の中から振り払う。現実として観察しようと試みる。

細身の女だ。あいていたあの窓の窓枠に、外向きに腰をおろしたところだった。白っぽい服。長めの髪。

——窓に腰をおろすなんて！

普通ではない行動を取る女が、ゆっくりとこちらに首を回す。横顔が見え、さらにゆっくりと振り返る。

切れ長の目。感情の消え尽きた表情。

髪の毛の陰の目つきがなにかを語りそうに思えた時、彼女の体がグラリと揺れた。

「あっ!!」

女の体が窓の外に落ちた！

私は飛ぶように、小部屋へ向かった。女の手が、窓の縁につかまっているのがかろうじて見える。窓際は特に薄暗い。女はよじ登ろうとしている。腕が桟《さん》に掛かり、顔が半分だけ覗く。目から上だけが。

部屋を横切り、私は腕をのばす。

間に合わず、女は落下する。

――チクショウ！

勢いがついていた体を、私は窓際に両手を突いて止めた。首は自然に窓の外に出ていた。

そこで、次の衝撃が私を襲った。

見たくはなかったが、視覚は窓から下の光景を捉《とら》えてしまっている。しかしそこには、女の姿などかけらもないのだった。

彼女が落ちて、次の瞬間には私は窓に達していた。あの女性には、二階の窓まで落下する時間すらなかったはずだ。しかし――地面の芝生も見えるというのに――人間の姿などどこにもないのだった。近くには、引っかかってしまうような木もない。

ゾッとする思いが、肌を粟立《あわだ》たせた。

今度の恐怖は、空中浮遊を目撃した時よりもさらに生々しかった。

「き、消えたよ……」

「え……？」一美さんが、そっと寄って来ている。

「いなくなった……。落ちてもいない」

私は上を見てみた。そこにもなにもないが——。

「くそう！」

意味もなく叫んだ私は、やみくもな衝動に駆られ、屋上への階段目差して駆けだしていた。

3

息が切れた。——というよりも、整理しきれない感情に翻弄《ほんろう》されて、呼吸が大きかった。自分が、野性的な息をしている気分だった。恐怖を圧《お》し殺そうと、憤《いきどお》りと蛮性がアドレナリンを発しているのか。

食いつくような目で、私は屋上を見回した。懐中電灯の明かりを振り回す。平らな屋上であり、怪しいのは塔屋の陰だけだった。

一美さんがのぼって来たので、塔屋の右側に注意しているように頼んだ。

私は、塔屋の左側から、裏側へと回り込んで行く。一周して一美さんと合流。猫の子一匹いない。

塔屋の上にのぼる梯子《はしご》部分があるので、私は手を掛けた。のぼったが、上にも誰もいなかった。一望できる屋上は、そ知らぬ顔でシーンとしている。異常はない。

塔屋をおり、一美さんと二人で、問題の北向きの窓の上に向かった。金網が張り巡らされている。高さは三メートルほどもあるだろう。金網にもコンクリート面にも、怪しげな痕跡は皆無だった。

空中浮遊があった西向きの端にも行ってみる。

ここも同じだ。古い金網なので、所々破れている箇所もあるが、どれも小さなもので、腕を突き出せるほどの穴もなかった。

一美さんが力なく言った。

「これでは、人や人形を吊るにしても、大掛かりなことになりそう……」

「そうだね。なんの痕跡も残さず、その仕掛けを簡単に組み立てたり取りはずしたりするなんて、まずできそうもない感じだ……」

空中に現われては消える、あの浮遊する女の姿は、いったいなんなのだろう……。

私と一美さんは、幽霊館の二階におりた。

混乱と気落ちのせいで、感情の高ぶりはおさまっているつもりだったが、私はまだ興奮の炎を残していたらしい。窓から落ちた途端に消えた女の目撃談を、子供達の前であるにもかかわらず、私は熱っぽく口走ってしまった。一部の元気な子を除いて、子供達と龍之介は競って怖がった。

誰も隠れていないし、どのような工作の跡もなかった、という事実も伝えた。

二階の窓にもなんの異常も起きませんでした、と、龍之介が請け合った。

跡形もなく消え去るあれは、人でも人形でもないのか……。

「おかしな肝試しになってしまった」

そう呟いた三田村先生は困惑の面持ちで、子供達に回れ右を指示した。

今夜は引きあげるしかない。

こんな怪異な夜は……。

ホテル方面への道を、ヒソヒソと囁《ささや》き合う子供達は戻って行く。私達三人は、逆に進んだ。間欠泉の方向、空中浮遊を目撃した地点へと。

「ど、どうしてこっちへ戻るんですか?」

信じられない、とうろたえる龍之介。

「いや、自分の記憶を確認したいっていうか……。あの時目にしたものを、自分で信じ切れるか確かめたいっていうか……」

一美さんも同じ気持ちのようだった。

アベックとすれ違ったりしながら、道を進む。西の壁面が見え始めた辺りで、龍之介が「あっ!」と声をあげて足を止めた。闇が訪れたのだ。青い光のフラッシュが消えてしまった。幽霊館の裏の敷地周辺が真っ暗になる。

「遂《つい》に壊れたか」

言いつつ、私はもう少し先へ足を運んだ。勢いみたいなものだ。塀より上にある西の壁を、とにかくすっかり視野に入れたかった。目を凝らしていれば、少しは闇に慣れるだろう。

「北の窓から、女性が落ちるところが見えたということでしたけど……」おずおずと、龍之介が口をひらく。「事件かもしれないと、警察に通報しておかなくてもいいでしょうか?」

ちょっと迷う。

「その必要はないと思うけどな。窓の下の地面はけっこう広く見えていて、そこになにもなかったんだから。……オレもなんだか、あの出来事の現実感が薄いような気がしてきたし」

しかし逆に、私の記憶を刺激するものが脳裏に浮かびつつあった。

「ただ……、窓から消えたあの女性、どこかで見たことがあるような気になってきてるんだ」

一美さんが驚いて私を見る。

「誰なの？　どこで会った人？」

「何度か話したことがある、という人ではないですね。でも、最近目にしたような……。一美さんには心当たりありませんか？」

「さあ……。わたしは、あまりはっきりとは見えなかったし」

「僕よりは離れた場所にいましたもんね」

「光章さんが窓に向かって駆けだしてからは、体の陰になって……」

……誰だったろう？　一瞬のあの横顔。この温泉地に来てから見かけたのか？

暗闇に多少は目も慣れたらしく、幽霊館の西側の輪郭《りんかく》がかすかに判るようになっていた。しかしこれでは、なにかを発見する、などということは無理だ。

「あっ」

一美さんが小さく声をあげた。

指差しているのは、我々のいる道から脇へとのびる小道だった。電光看板の立っている場所へ通じる小道のはずだ。そこがぼんやりと、街灯に照らされている。電光看板のほうから、男が歩いて来ていた。群青《ぐんじょう》色の作業服を着込んでいる。同じ素材と色の帽子を被《かぶ》っていて、そこから長髪が覗いている。

髪は長いが、男であることは間違いなかった。こちらへやって来る。四十歳ぐらいだろう。尖《とが》った頬骨《ほおぼね》と、引き結んだ唇が目立つ。工具箱を下げていた。

そばまで来た時に、私は訊いてみた。

「あの青い光も、消したということですか?」

「そう」

むっつりとしたまま、男は足も止めない。

「目が変になりますもんね」

男は無言で通りすぎて行く。

我々の後ろ側で、間欠泉が、青い光の柱となって噴出した。

私は再度、記憶に意識を集中した。

窓から消えてしまった女……彼女は誰だったろう？

4

大したホテルではなかったが（失礼！　経営者や従業員、及び旅行のスポンサーである龍之介くん）、ロビーの光の中に帰れると心底ホッとした。

土産物コーナーのざわめきや、ロビーをうろつく宿泊客、フロントに立つ従業員の笑顔などが、やけにありがたかった。気持ちがほぐれる。日常的な空気という温泉に浸《つ》かったかのようだ。

気の張り詰めていた野良猫がピリピリしていた毛をおさめるように、龍之介の心身も柔らかく力を抜きつつあった。彼は、フロントからルームキーを受け取った。一美さんは、自分の部屋のキーを持ち歩いている。

カウンターの中に、池渕支配人の姿はなかった。先ほどの従業員が、落とし物はイタリアのお客様に無事に戻りました、と笑顔で教えてくれた。

廊下を三度ほど折れ、裏の出入り口に近付くと私達の部屋だった。

近くの部屋のドアがあいていた。そのドアの陰から、二人の男の姿が半分見えている。女性の声も聞こえる。

「——あっ！」

私の叫びに、向こうの人間達が慌《あわ》てて首をのばし、こちらに目を向けた。一美さんも、どうしたの？　という視線を送ってくる。

「思い出したんですよ。窓から消えてしまった女性」

私は彼らに近付き、いきなり問いかけた。

「あなた達には、もう一人連れがいましたね？」

「ひ、人見《ひとみ》先生ですか？」女性が、ビックリした目のままで答えた。

「先生。そうか、あの人は君達の先生なんだ」

ダンガリーシャツを着た肩幅の広い男が、険しい顔を突き出してくる。

「先生がどうかしたんですか？」

「ええと、そう、ちょっと不思議なシチュエーションで見かけたような気がしたものだからね」

彼らのうち男二人を最初に見かけたのは、午前十時頃、大浴場でだった。大学の水泳部に所属しているそうだが、湯船の中でその技量を披露しているのだから、マナーの悪い連中だと思ったものだ。その彼らに女性を加えた三人と、昼食のレストランで隣り同士になり、言葉を交わすことになったのだ。私達が立ち去りかけた時、遅れて彼らの席に加わったのが、問題の女性だった。他の三人とさほど年齢も違わなく見える、なかなかの美人だった。

「不思議なシチュエーション?」

もう一人の男が、探るように私をにらんでいる。

私は、一美さんと龍之介に、すべてを伝えるべきか、と目線で尋ねた。二人も判断に迷っている様子だが、すっかり話したほうがいいとは思っていないようだった。

「い、いや、あんな美人が一人っきりだったように見えたものだから」

幻かもしれないオカルトめいた出来事を口にするのは、現時点では無意味だろう、と私も思った。

「その人見先生、今どこにいるか判ってる?」
三人の大学生は顔を見合わせた。
「判りません。別行動なんですけど……」女性は不安げに、ブラウスの袖を握ってい
る。
「そう。いや、いいんです。どうってことありませんし、見間違いかもしれませんか
ら。お邪魔しました」
私達がそれぞれの部屋の前に着いた時には、三人は部屋の中に姿を消していた。
窓から消えた人間が実在の人物だとなると、私も複雑な思いにとらわれてしまう。
人見という先生が、おかしなことに巻き込まれていなければいいのだが。
まあ、チラッと目撃しただけだから、私の見間違いの可能性も強いし。

翌、日曜は天気もよく、午前中からすでに浴衣姿で出歩いている人間も少なくなか
った。かく言う私と龍之介も、同類の観光客だ。朝食を済ませて少しゆっくりした
後、海岸線にある露天風呂へ出かけようとしている。そこには女風呂はないので、一
美さんはホテルの温泉へ。

行楽地気分が満ち溢れている陽光のもとでは、奇妙な怪談話も色褪《あ》せてしまう。あれが、本当に起こったことなのだろうか？　簡単には忘れられないにしても、すでに遠い記憶のようでもあり、錯覚か思い違いが話題作りをしてくれたと受け止めていいのかもしれない。

ただ、空中を浮遊していた女の霊は、私達三人だけが目にした現象ではないらしく、噂話がいち早く広がっていた。白装束の女の霊が、空の闇を徘徊《はいかい》しながら、道連れにする人間を捜しているのだそうだ。あれを目にした他の観光客達が、噂の出所《でどころ》になっている。

しかし話が広まったことでかえって、私は気分が楽になったような気がする。自分達だけで抱え込んでいなくてもよくなった、とでも言おうか。独り立ちしていった我が子のような騒ぎを、遠巻きにして見守る野次馬の一人になっていいと言われたような感覚だ。

まあ、取りあえず、ハーァビバノンノンと、温泉地気分を楽しませてもらおうじゃないか。

「お祖父《じい》ちゃんも、温泉に連れて行ってあげればよかったな……」

龍之介が言っている。

「海が好きだったから、こういう温泉地は喜んだかもしれない……」

私の口は自然に応じていた。

「でも、徳次郎さんって人は、研究生活への没頭をなによりも楽しめる人だったんじゃないのか？　温泉なんて、年寄りくさい、とか言ってさ」

龍之介は淡く微笑んだ。「そうかもしれませんね」

「あれっ、降旗《ふるはた》さん達だ」

間欠泉とは反対方向の道に、釣り道具や海浜グッズを売っている店があり、その店頭に大学生達の姿があった。やや硬い表情で、店の人になにかを尋ねている。

彼らとは、すでにホテルでじっくりと話す機会を持っていた。

＊

一階レストランで朝食を終えて、ロビーを通っている時、彼ら三人のほうから声をかけてきた。人見先生が、昨夜帰らなかったので心配し始めている、ということだった。

私達六人は、ロビーの一角に座り、話し合いを始めた。

人見優子《ゆうこ》は在京私大の理工学部に勤める助教授で、三人はその教え子だった。この町の出身である人見助教授は、一週間前から休暇を取って帰郷していたという。そして、この週末、特に親しい教え子達を招待したのだ。

スリムではあるが肩幅のある男がリーダー格で、降旗吾光《あこう》。小柄で、流行《はやり》の小さめのメガネを掛けているのが飛島一馬《とびしまかずま》。昨夜よりは、幾分コケティッシュで同時に気も強そうに見える女の子が向井君子《むかいきみこ》だった。

「それで」私は問い返した。「帰って来なかった、というのは、人見さんの家のほうに、ってことなんですね？」

「そうなんです」向井君子が頷くと、長めの髪が不安げに揺れた。「心配したお母さんから、こちらに問い合わせがあって……」

「ホテルからもう少し町寄りにある海鮮料理店で夕食をごちそうになってから先のことは、僕達も判らないんです」と、飛島が説明する。

「そうなると、あなたのお話が気になるじゃありませんか、光章さん」降旗が身を乗り出す。「先生らしき人を、不思議なシチュエーションで見たと言うのですから」

「そ、そうですね……」

「いつ頃見たのですか？」

「いや、はっきりと見たわけではないのですが……」

人見先生の顔はこれですが、と確認を取るために、一枚のポラロイド写真が出された。昨日の昼間撮ったもので、浴衣姿の教え子達に交じって、小柄な人見助教授が土産物屋の前で笑顔を見せている。

「僕が見た時は無表情でしたし、印象が違うものですから……。はっきりこの人だと断言はできませんけど、やっぱりかなり似ていますね」

「どこで見たのです？」

私が躊躇《ちゅうちょ》していると、一美さんが声を出した。

「幽霊館で、ですよ」

大学生達は顔を見合わせ、向き直った降旗が訊いてくる。

「あの、空きビルみたいなやつですよね？」

あきらめの吐息を軽くつき、私はあの目撃談を話し始めた。九時すぎに幽霊館に入る事情になり、三階の窓で目にしてしまった、あの怪しげなシーン。

「消えた？」まごつく飛島は、メガネの奥で目を泳がせた。

向井も、怯えと不安の表情だ。「下には……、地面には先生は落ちていないわけですよね？」

「それは間違いないと思います」安心させるように、私は強く頷いておく。「それに、あれが本当に、生身の人見先生なのかどうか」

「そのゴーストみたいな姿って、いま噂になっているあの幽霊のことなんですか？」

と、降旗が訊く。

「いや、あれと同一人物なのかどうかは、判らない。噂になっているのは、空中を漂いながら上昇していった女の霊のことなんですよ。私達はそれを見てしまったために、幽霊館に足を運んだのです。最初の幽霊は、顔までは見えなかった」

あの時の様子を具体的に話すと、大学生達は強張った表情でそれを聞いていた。

「でも……」迷う調子で一美さんが言った。「最初の印象では、わたし、あの幽霊は男だって思ったのよね。最終的には、女なんだな、って感じたけど」

「女でもあり、男でもあるんじゃないの？」考え込む様子の飛島。「あそこの幽霊は、心中した男女の怨念って言われてるんでしょう？　その霊は、男には女に見え、女には男に見えるのかもしれない。そんな姿になって、死への誘惑をするんだ」

酸《す》っぱくて苦いものを食べたような複雑な怯えの表情で、龍之介は身を縮こまらせている。

向井が、低いが少し鋭く声を出した。

「幽霊なら、先生とは無関係ね」

そうだな、という感じで連れの男達が頷く。関係あるはずがないさ、と信じたがっているかのように。

私のオカルトめいた話は、人見先生の消息を知る手掛かりにはならないと、彼らも思い始めたようだ。あの先生は見た目からは想像もできないほど変則的なことをするし、意外とたくましいから、大丈夫なんじゃないか、と、彼らは雑談調になっていった。

散会である。

席を立った一美さんは、なにか気になることがあるようで、目的ありげに足を運んで行く。

龍之介より奥の席にいたので出遅れている間に、飛島がそっと声をかけてきた。

「人見先生も美人だけど、長代さんもきれいですね」

ふふん。「我が社ナンバー1《ワン》だと、ボクは思ってますけどね」

飛島は一見おとなしそうな男なのだが、こんな時の目には、敏《はし》っこくて粘っこそうな光があった。

向井君子はチラッと、男達の会話に不快そうな様子を見せた。


一美さんは、池渕支配人に涙ながらに訴えている若い女性の近くに立っていた。フロントの脇の、オフィス寄りの場所だった。女性は十代ぐらいかもしれず、昨夜は幽霊を目にすることになって怖い思いを味わった、と言っている。幽霊館の西側上空に現われた、浮遊霊のことだ。

「どうして、本当のことだと、前もって教えてくれなかったのですか」女性の声が震えているのは、憤りのためと聞こえなくもなかった。「あの時、ちゃんと確かめたのに」

支配人は、でっぷりとした体形と顔にふさわしい、鷹揚《おうよう》な笑みを返す。

「無茶をおっしゃってはいけません、お客様。犯罪等ならばともかく、非現実的な幽霊騒ぎなど、私どもの関知するところではありませんよ。旅行業組合から、お客様に害が及ぶかもしれないことが発生しているので配慮するように、などという通達も聞かされてはおりません」

「で、でも、地元の人のほとんどや、ここの従業員の人達だって、幽霊の件は知っていましたよ。『やっぱりね』っていう顔をして。ホテルの代表が、く、口をつぐんでいるなんて、無責任ではありませんか」

「幽霊などと……。そのようなものは個人的な思い込みであり、気のせいにすぎませんよ」池渕はもう、帳簿に目を落とし、お引き取りくださいという露骨な態度だった。「他人が責任を取れることではありません」

その時、抗議していた女性の横に進み出たのが一美さんだ。

「ですけど、支配人、この温泉を利用してくださっているお客さんが実際に恐怖を覚え、不快感を味わったことへの責任はどうなりますか?」

一美さんはちょっと気が強いところがあり、筋を真っ直ぐ通したいところは通してしまう人だった。

「お客様商売というのは、リピーターが大事なのではありませんか？」一美さんは言う。「不快な思いをして、しかも宿の人間にもぞんざいにあしらわれて、そんなお客さんが二度とここへ来るでしょうか？」

池渕支配人は、帳簿に指を添えたまま黙っている。

「認めてしまえばいいではないですか。幽霊には用心してくださいと、お客さんに気をつかえばいいのでは？　信じない人は信じないし、心霊スポットが好きな人は喜びます。幽霊館を夜間に見学して来た人には、宿泊料を割引きしますとか」

お客さんに不快を味わわせて平気でいる神経は、大勢のお客にちゃんと伝わっていきますよ、と言いたいだけ言うと、一美さんはその場を離れた。抗議していた女性の肩に、軽く触れてから。その女性も、かなり落ち着いた様子になってその場を立ち去った。

池渕支配人は、三段階の表情を見せた。

考え込んでいる顔色。そして次に、なにかを決めたかのようにあがる眉。最後に彼は、ニヤニヤっと笑った。

——そんなことがあったのが一時間ほど前だ。

売店の前を離れた大学生三人が、こちらに気付いて会釈をした。

降旗が手にしていた写真を掲げ、

「やっぱり気になりますんでね、休日を楽しみつつも、先生を見た人がいないか訊いて歩いているんですよ」

休日を楽しむといっても、さすがに温泉気分ではないらしく、彼らは平服だった。ホテルのほうへと引きあげて行く。

私の中にもまた気がかりな感情が戻り、人見先生、早く出て来てくださいよ、と思ったが、すぐに、前方の騒ぎに注意を奪われた。

龍之介も言う。

「なんでしょうか、あの人ごみ」

売店から東へ向かう道に、ガヤガヤと人が集まっている。細い車道と、浜へおりる小道が、少しの間並ぶように続いている場所だ。小道が通り道なので人垣に近付いて行くと、私達をじっと見ている男性に気がついた。

「三田村さん」

肝試しをしていた先生だ。

一礼し、歩み寄ると彼は言った。

「あの三人とお知り合いなんですか？　挨拶をされていたようですが」

「降旗さん達ですね？　ええ、同じホテルに泊まっていますし、ちょっと事情があって」

「……もしや」三田村は、私と龍之介を交互に見た。「幽霊館で優子——人見さんを見たらしいと言っている、というのは、あなた達のことですか？」

「え、ええ。どうしてそのことを？」

「私、人見優子とは遠戚《えんせき》に当たりましてね」

「そうなんですか！」

「まあ、親戚付き合いというより、幼なじみみたいな感じで遊んできた仲なんですけどね。私のところにも、彼女のお母さんから電話があったのです。今朝方です。昨夜戻らなかったのだけど、心当たりがないかって。……では、光章さんが言っておられた、三階の窓で消えた女性というのが、優子に似ていたのですか?」

そうです、と、私は、謎の女性の姿に関して降旗達と話し合った内容を伝えた。

三田村は頷くようにしつつ、

「私は、昨夜の幽霊館の変事が気になってきましてね、様子を確認しようと来てみたのですよ。そうしたら、降旗さん達が優子のことを話しているのが耳に入ってきたので、ここで声をかけたのです」

幽霊館へ行く前に、と、彼は言う。

「この騒ぎに気を取られて足を止めていたもので」

「なにがあったんです?」私は首をのばした。

「脱輪ですよ」

「脱輪……」

野次馬が何人もいる小道を少し下ると、なるほど、はっきりとそれが見えた。水平に続く車道と、浜へおりる小道の間は少しずつ離れていき、その間は雑草の生えた急な斜面になっている。私達のいる場所からは、四メートルほどの高さの所に車道の路肩があり、そこから車の右後輪がずり落ちていた。薄汚れたオフホワイトの国産車は、東側——右手のほうに頭を向けている。

「切り返そうとしたんでしょうね」

と、三田村は説明した。車道の十メートルほど先に、地盤沈下による陥没ができてしまっているのだそうだ。四日前のことで、まだ修復がされていないという。脱輪している車のドライバーは、立入禁止のロープをわざわざはずして進入したらしい。しかし実際に、すぐに行き止まりになってしまうことに気付いたドライバーは、Uターンしようとしたわけだろう。

「ナンバープレートは藤沢《ふじさわ》ですし、あの車の運転手は、よその人間でしょうね」というのが三田村の見方だ。「ここの人間なら、この道の様子は知っているはずです」

「よその人間でしょう、という推測ですけど」龍之介が疑問を口にした。「その運転手さんは、ここにいないのですか?」

「いないみたいなんですよ。鍵は差さったままだったので、警官が動かそうとしたそうですけど、どんなテクニックを使ってもだめだったようですね」

すると、運転手は、車を放置して姿を消しているわけか? どうも、おかしなことが続いているようだ。

牽引《けんいん》が始まろうとしているので、野次馬は立ち去ろうとせず、じっと目を凝らしている。道が狭いため、牽引車は脱輪している車の鼻先へ進むことができない。そこで、牽引ワイヤーの方向を変えるのに、樹木を利用していた。脱輪車の前部に取りつけられたワイヤーは、その前方にある木の幹に掛けられて、車道の西側にいる牽引車まで引っ張られている。

ワイヤーが巻き取られ始めた。そしてその途端、アクシデントが発生した。路肩が崩れ、脱輪していた車がこちらへズリ落ちてきそうになる。

叫び声が交錯し、野次馬は——私達も含めて——蜘蛛《くも》の子を散らしたように遠ざかる。

しかも、それだけではなかった。車のトランクが、バカン！　とひらいたのだ。そして、そこからなにかが滑り出てくる。落ちてくる。

人間だ。白いブラウス、プリーツの入った水色のロングスカート。女の体が、頭を下にして落ちてくる。死者以外のなにものでもない顔をこちらに向けて。

ぎゃあ～！　という野次馬の悲鳴。驚愕の叫びの洪水。

そこには、どうも聞き慣れた声で、「ぎにゃ〜！」と聞こえる悲鳴も混じっていたように思う。

5

龍之介は完全にのびている。ホテルの部屋のベッドで横になったままだ。

私は自分の服に着替えていたが、倒れた時のままの格好である龍之介はその浴衣を握り締めているので、青く染められている団扇《うちわ》模様が、ホタテ貝のように歪んで見えている。滑らかな肌の眉間には、苦しそうな皺《しわ》が寄り、時々、ヒクッと指が痙攣《けいれん》する。

「かわいそうに」

と一美さんは同情するが、子供じゃないんだからな。

それに、長い。長すぎる。もうすぐ昼時《ひるどき》だというのに、まだ意識を失い続けている。失い続けている、っていうのも、変な表現だ。

車のトランクから飛び出してきた死体は、残念ながら人見優子のものだった。仲のよかった血縁の者と、あんな風に対面することになった三田村学のショックも大変なものだったに違いない。彼は、表情も血色もなくなり、幽鬼さながらの様子になっていた。

人見優子は、殺害された模様だった。彼女のバッグもトランクの中にあり、金品は残っているので物取りの犯行は否定されている。

ノックの音がし、応じると、安藤《あんどう》刑事が名乗った。

私と一美さんから、事情聴取をしていった刑事だ。死体発見時の状況よりも、昨夜の、幽霊館での目撃談のことを重点的に訊かれた。三階の窓にいたのは、間違いなく人見優子でしたか？　と念を押されても、私自身、あれが現実の出来事だったのか、確信が得られずにいる。

ホテルの中に渦巻いている噂やおしゃべりで、私達もある程度の事情はつかんでいた。その一つが、車に関する情報だ。死体の入っていた車は、ホテルの脇の林に一ヶ月前から放置されていた車両だった。キーがついたままだったらしく、死体遺棄に利用できると、犯人は考えたのだろう。盗難車に違いないという話だった。

あの車道で脱輪していた車は早朝から発見されているので、夜陰に乗じて犯人は行動していたのだろう。その人物は、土産物店が軒を並べる、町の中心地へ向かう道を、死体を載せた車で走りたくなかったのに違いない。立入禁止の道をできるだけ進み、適当な地点で死体を隠すつもりだったと考えられる。脱輪してからは、闇の中、あの斜面で死体をトランクから引っ張り出すのは危険だと後込《しりご》みし、車ごと放置したのだろう。

つまり、人見優子の死体は、やはりこのホテルの近くにあったということになるのではないか。

安藤刑事が、鑑識の職員を一人伴って入って来た。安藤は特徴的な外見を持つ刑事だった。五十年輩で小柄、頭はツルツルで、その憂《う》さ晴らしのように口髭《くちひげ》をしっかりと生やしている。番組のリアリティーによっては、名探偵ポアロを演じてもよさそうだった。安藤は、現場での地位も高い感じだ。

「お邪魔しますよ」

物腰も表情も、好々爺《こうこうや》といった印象だが、彼が口にした内容はかなりシビアなものだった。私達の指紋を採《と》らせてくれ、と言うのだ。

「どうしてです?」

思わず私が声をあげると、一美さんが龍之介に目をやった。彼女もなにか言い返したいのだろうが、その気持ちをグッと呑み込み、

「ここではなんですから、わたしの部屋へ行きましょう」

と、静かに提案した。

部屋に入ってベッドの縁に腰をおろすと、厳しい顔付きで一美さんは腕を組んだ。

「指紋を採取するって、どういうことでしょう?」

協力を、と言うだけのやり方には、私達が感覚的な不快感から抵抗を示すので、そのうち安藤刑事は事情を説明し始めた。

「まあ、人見嬢が殺されたのは間違いがないわけです。扼殺《やくさつ》でしてね」手で首を絞められたということだな。「その殺害現場が、あの空きビルの三階だと、ほぼ確定しています。あそこの床から発見された血痕が、被害者のものと一致しましたのでね」

「首を絞められたのに、血痕ですか?」一美さんが聞き返す。

「殺される直前に、頭を殴られているんですな。血は拭《ぬぐ》われていましたが、凶器もあの場から発見されています」

そういえば、トランクから現われた彼女の額には、血の色が見えていた。それ

と——

「犯人は、じゃあ、血が滴《したた》らないように、頭を布で包んで運んだのですね」

刑事の目が不意に鋭くなってこちらに向けられたので、私は慌てて弁明した。

「トランクから滑り出てくる時、髪に緑色の布がからんでいるのが見えたんですよ」

「……そう、三階に置かれていた、余り物の宣伝用バスタオルの一枚で頭を包まれていたらしいです」

まあ、そういったわけですから、と、安藤刑事は頭をつるりと撫《な》でた。

「犯行時刻前後に現場にいた方の指紋を選別していけば、犯人の遺留指紋も発見できるかもしれないでしょう」

「犯行は、九時頃なんですか？」その、あまり気色のよくない事態に驚いて、私は問い返していた。

「まあ……、解剖所見はまだ出ていませんが、総合的に見て間違いないでしょう」

「でも」と、一美さんが言う。「当然、わたし達が幽霊館を立ち去ってから、犯行が行なわれたわけですよね」

「そうですか？」安藤刑事の目に、やや皮肉な懐疑《かいぎ》の色が浮かぶ。

「床に残っていた被害者の血痕というのは、ごく微量だったのでしょうか?」そう一美さんは質問を返した。

「いえ、まずまずの量が散っていましたよ」

「でしたら、三階を調べて歩いたわたし達が見逃すはずがありません」

「それが、実は、木箱の下に隠れていたのですよ、血痕は」

私と一美さんは驚きの声をあげた。……では、もしかすると、私達が覗き込んでいた木箱の下に、すでに……。

「前回伺《うかが》ったところでは、あなた達は箱を動かしてみることまではしていなかったはずですよね」と、安藤刑事が確認する。

「そうです」一美さんが、警戒がちに答える。「わたし達の指紋をチェックすれば、供述どおり、箱を動かしていないかどうかも判る、ということですか」

「で、でも」急いだ私の口調はもつれた。「私達が出た後で犯行があり、それから血痕を隠すために木箱が動かされた可能性もあるわけでしょう」

なにかを思案する様子で安藤刑事は口髭の脇を掻いていたが、やがて言った。

「では、もう一つお知らせしておきましょう。被害者は、コンパクトとしても使えるしメモの入力もできる電算カードを身につけていましてね。これが壊れていました。私どもは、この内蔵時計の停止時刻を読み出すことに成功しまして、その時刻は、八時五十二分でした」

「つまり」唾《つば》が喉に詰まりそうだった。「それが、殺害推定時刻……」

「あるいは、遺体を移動しようと、乱暴に扱った時なのかもしれません。いずれにしろ、その時刻には被害者は死亡していたと考えています。あなた達もご存じの三田村さんが、子供達と一緒に幽霊館に入る直前に時刻を確かめていまして、ちょうど九時だったと言います。これは、あなた達の供述とも矛盾してはいない」

「そうです……」

「当然、あなた達……天地光章さんと長代一美さんが三階に行かれたのは、それよりも後であり、殺害行為は終わっていたはずなのです」

重たい沈黙が自然に生まれ、それが、安藤刑事の一言を効果的に響かせる。

「にもかかわらず、あなた達は、死体など見ていないと言う」

「だって……」

「よろしいですか。犯行推定時刻の直後には、現場の玄関先には三田村一行が到着していたのです。そこで、点呼を取ったり、注意事項を確認したりしていた。子供達はなかなか勇気が出ず、グズグズもしていたらしい。そして、九時に入って行ったのです。犯人も死体も、ここからは出て行けない。一階の裏口は、錠が掛かっていて、しかも、これが錆《さび》ついていて動かない状態なのです。死体は、あの建物の中にあったはずです。そして、複数の人間が、がらんどうの一階、二階には、なにもなかったことを証言している。三階に行ったのは、あなた達お二人だけです」

私は息が詰まりそうだったが、感心にも、一美さんは冷静な声で言い返していた。

「人見さんの体を犯人が屋上へ隠そうとして、ロープなどで吊ったりしていたのではないでしょうか？　それが、空飛ぶ幽霊に見えた」

「被害者の体には、ロープなどで縛られた痕跡は皆無でした。それに、屋上にもなにもなかったのでしょう？」

「そうだ！」

思わず大声を出してしまった。

「い、遺体は、裏の池に投げ落とされたのではないですかね？　これなら、時間もあまり必要ではない」

「服も髪も、一切、濡れてはいませんでした」言いつつ、安藤刑事が視線を送ると、鑑識課員は強く頷いて見せる。「先に言っておけば、あの幽霊館には、盲点になっている壁や天井の中の空洞などもありませんよ」

私達が言葉を失うと、安藤刑事は深く椅子に凭《もた》れかかった。

「さらに言わせていただければ、もしかすると、犯行推定時刻、現場の三階に接近できたのは、あなた達お二人だけなのかもしれませんね」

一美さんが、真っ直ぐに刑事を見返した。

「わたし達はその時、間欠泉のそばにいたのですよ」

「第三者の証言はないですな。あなた達は、犯行時刻、現場の三階にいた。そして、三田村一行がやって来たので驚き、ロープでも使って地面におりて外からやって来たという顔をする。死体のある三階には、他の人間を入れなかった」

温厚そうな安藤刑事の顔の中で、目だけが怖いほどの光を覗かせていた。

「これ以上立場を悪くしたくないのであれば、指紋採取ぐらい協力してはいかがです？」

私と一美さんは、指紋を採らせた。

用紙に指を押し当てながら、私は言ってみる。

「人見さんとは初めて会った我々に、殺すような動機があるわけないじゃないですか」

「動機にはね、五分で判ってしまうものと、何十日かけても判らないものがあるんですよ。突発的ないざこざ、というものもある」

安藤刑事らが立ち去った後、私達は沈んだ顔色を見つめ合った。

まずい感じだ。解決が長引けば、けっこう本気で疑われてしまうかもしれない……。

そしてもう一つ、ショックなことが私にはあった。九時より前に、人見優子は死んでいたらしい、という点だ。そうであるなら、私があの窓で見た彼女の姿はなんなのだ？

見聞きした日頃の様子とはまったく違う、どこか不気味でさえあったあの印象……。窓の外で消滅してしまったあの女性……。

怪談に毒された感覚をもって振り返ってみると、あの女性の姿には、確かに生気の薄さみたいなものが感じられた。気体であるかのような茫漠《ぼうばく》さが……。

幽霊騒動も殺人事件に関係するなら、それらの謎も解かなければならないのではないだろうか。

しかし、肝心の龍之介はあの様《ざま》だ。

何度も言うように、彼はああ見えて、こと頭脳的な問題に関してだけなら人並み以上の力を発揮する。巻き込まれた様々な事件でも謎を解決している実績の持ち主だ。

しかし、最も活躍してほしいこの危機的状況において、使用不能とはね。

6

龍之介が目覚めるまで、私と一美さんは情報を収集することにした。自分達だけで打開策を見つけたっていいわけだし。

ロビーへ差しかかる手前の廊下で、池渕支配人と出くわした。消沈している様子だが、こちらに気付くと気さくに寄って来た。

「いやあ、正直、まいりました。犯罪の捜査に煩《わずら》わされることになりますとはね」

彼は肩を落としつつ、一美さんに目を向ける。

「実は、幽霊話を逆に利用するのもいいかもしれない、と構想し始めていたところだったのですよ。うまいアピール方法を見つけようか、と。しかし、死体はいけない。死体は。殺人現場を見せ物にするわけにはいかないでしょう」

出鼻をくじかれた、と嘆く支配人に、後ろから声をかけた者がいる。

「どうして、俺が調べられなければならないんだ」

態度も声も、我々の会話を完全に無視していた。振り返った池渕は、

「状況をはっきりさせるためじゃないか」

と、なだめるように言い、従業員用通路の角の向こうに男を移動させると、声を潜めた。姿は見えなくなったが、声は聞こえる。

髪の長い今の男には見覚えがあると思ったが、電光看板の明かりを消した人物だった。制服姿ではなく、薄手の黒いトレーナーとジーンズを身につけていた。後に集まったデータによると、彼は、次家幸四郎《つぎいえこうしろう》。電気店主であり、この一帯の観光用電気設備の保守点検も請け負っているらしい。骨っぽい顔はよく陽に焼け、大きな目がギラギラとして見えた。

「ほら、看板の光の点滅が、奇妙な女の姿を浮かびあがらせたそうじゃないか」支配

人の声音《こわね》は、相手に調子を合わせる抑揚が板についている。「それが殺人事件に関係あることかもしれないってことになったんだから、仕方ない面があるさ」

「そんなことは知ってる。だが、俺があの看板をあんな状態にしたわけではない。機械的な寿命だ」

これも後にまとめた情報だが、問題の電光看板は数日前から調子が悪く、事件前日の金曜に、青一色の点滅になる時もある状態になっていたという。しかしその日は、次家は私用で隣の県まで出向いており、帰って来た土曜の夜、ひとまず看板全体の電源をカットしたわけだ。今日、陽が昇ってから修理を始めようとしていたらしい。

この看板は、朝の設定された時刻になると自動的に明かりが消え、夜になると再び自動的に灯るものだった。

「それはそうだけど……」

支配人は言いにくそうに、

「殺人事件があった場所の近くに、行ってしまったわけだからなぁ。不運にも、時刻も近いらしい」

一美さんも私と同じく、この話は聞いておくべきだと考えているらしく、じっと立ち止まって聞き耳を立てている。

「俺は、看板塔まで行って、ざっと様子を見て、オフにして来ただけだ。なにを疑うって言うんだ。刑事ども、しつこく訊きやがって」

「まあ、あの看板が暗かったことが犯行を有利にしてしまったのかもしれないし、そのぅ、なんだ、あの空きビル以外に高さのある物が、あの看板しかないわけだからな。そんなことも関係してるようだよ」

警察の見方は二つあるだろうな、と私は頭を巡らせた。一つは、あの電光看板の不調は、たまたまそうであったという条件の一つにすぎない、とする見方。もう一つは、犯罪計画に利用するために、あらかじめ仕組まれていた作為的なものだ、とする見方だ。

「そういえば……」次家の声は、幾分落ち着いた。「看板塔にいる時に、幽霊館のほうになにか見えなかったか、と訊かれたな」

「協力を求められたってことだよ。それに、ずっとあの塔にいたわけではなくて、幽霊騒動の後に看板塔に向かうところを、すれ違ったアベックが見ていたから、彼らが証言してくれるはずだと申し立てたんだろう？」

「ああ。どうやら、ちゃんとその二人連れを見つけてくれたらしい」

「じゃあ、安心さ。警察だって、変に引き止めたりしなかったろう？」

どうやら、次家幸四郎は、私達が幽霊館へ入ってバタバタしている間に、看板塔へ歩いて行ったらしい。しかし、アベックの証言があるからといって、彼が九時前から看板塔周辺にいなかったということにはならないだろう。何事かを行なった後、人がいないのを見計らって看板塔を離れ、道を、ホテル側——東へ向かう。適当な地点で引き返し、西からやって来る、特徴のある（捜しやすい）目撃者（この場合はアベック）に自分の姿を見せ、看板塔へ再び向かえばいいのだ。こうすれば、次家は当夜、その時初めて看板塔に行ったように装えるじゃないか。

池渕支配人と話すうちに、次家は一応気分を落ち着けたらしいが、今度はこんなことを言いだして私と一美さんを驚かせた。

「あの車——死体が入っていたやつ、あんたの義弟のものだろう？」

「そう。あれだよ……」

これは知らなかった。

「まだ借金取りから逃げ回ってるのか？」

支配人はさらに奥に移動した様子で、声は遠くなったが、少し鼻白んだ調子は伝わってきた。

「姿を消さざるを得なかっただけだよ。でも、こんなことになると判っていたなら、早く廃車処分にすればよかったよ。警察からはお小言《こごと》をもらうし」

二人の愚痴の内容が、狂ってしまった仕事のスケジュールなどに移ったところで、私と一美さんはその場を離れた。


しばらくあちこちを歩き回って様子を探り、外に出ると、三田村がホテルの駐車場へ向かって歩いているのが見えた。声をかけると、彼はこちらにコースを変えた。

「どうも……」

元気のない声で言い、三田村は庭先のベンチに腰を落とした。

「幽霊館を見に行ったのですが、立入禁止で、野次馬や取材陣の背中を見学できただけですよ。警察の帰りなんです」

「警察……」

一美さんは、憔悴《しょうすい》しきっている小学校教師の横に座った。私は立ったままでいる。

「優子の家族を車で運んで、まあ……、刑事さんにいろいろ訊かれたり、訊いたりって、感じで……」

「改めて、お悔やみ申しあげます」

一美さんがしめやかに一礼する。

はあ、と、三田村も丁寧に頭を下げた。

彼は私に顔を向け、タバコ、ありませんか、と訊いた。一本差し出し、火を点けてあげる。息は深く吸い込まれ、白い霞《かすみ》のような煙は長く吐かれた。

「久しぶりですよ、喫《す》ったの……」

彼は、こめかみを搔いたり、爪先を見つめたりしていたが、そのうち語りだした。

「優子は人気者でしてね、子供時代から。楚々《そそ》とした顔をしていますが、おかしなことばかりやるんです。歌真似、もの真似。彼女が悪戯《いたずら》で始めた豆本《まめほん》作りが、彼女に煽《あお》られて学校行事になっていったり。中学生になっているのに、〝木の葉隠れ〟用の、葉っぱをつけた布を作ったりもしましたしね」

一美さんは目を丸くし、少し笑う。

そういえば、死体発見後に顔を合わせた時、降旗達も言っていた。人見優子は、学園祭に招いたアイドル歌手と同じ格好をしてステージに現われたこともあったとか。生徒との距離も近く、遊び心があった人らしい。

「あの優子を殺した人間として、僕も疑われているようなんです……」三田村が顔をしかめたのは、タバコの煙のせいばかりとも思えなかった。「警察は、偶然っていうのが嫌いらしくて、彼女の死の現場に私が接近していたのがひどく気になるようでした。自分でも驚く偶然ですから、まあ、無理もありませんけどね」

正直、彼は重要な容疑者だろうと、私も思っている。

「あなたがあの時刻に肝試しをすること、人見さんは知っていたのですか?」私は訊いてみた。

「いいえ、教えてはいません。ただ、児童のご家族や学校関係者など、かなりの数の人が知っていることですからね、どこからか聞き知ったのかもしれませんけど」

そういえば、と、彼は言葉を継いだ。

「聞いていますか?　あの三階で、映写機が見つかったそうですよ」

「映写機?」

「小型のビデオプロジェクターです。液晶タイプの。肝試し用の小道具か、と訊かれたわけです」

「どこにあったというんです?」そんな物があったなんて、驚きだ。

「お二人が、窓から消える女の人を見た小部屋がありますよね。あそこです。換気口のカバーがはずれていて、そこに押し込められていたとか。そのビデオに、優子の姿が映っていたんですよ」

私と一美さんは、えっ? と声をあげていた。

「ちょうど、ビデオ画面の下枠ぎりぎりに腰をおろしている格好で、そこから向こう側に落ちてしまうシーンです」

それは、私があの窓に見たシーンではないか!

「で、では、私が見たのは、その映像だったというのですか? 窓枠の中に、ピッタリとその映像がはまるように設置された」

三田村は、確認のために聞き返してきた。

「光章さんが最初に見回った時、あの小部屋の窓は閉まっていたのですか?」

「いいえ、あいていました」

「それでは、映像だった可能性も高いのでは? その場に人がいる必要がないわけですよね。プロジェクターにはタイマーがセットされていたそうですから、自動的に映写が始まる」

私と一美さんが立っていた場所には、後ろから青いフラッシュライトが侵入してきていた。視覚が幻惑されていた。そして、朧気《おぼろげ》な照明の先にあった、薄暗い窓……。あの女の姿が、幽霊のような希薄さを感じさせたのは、映像だったからなのか!?

いや、しかし——

「ちょっと待ってください。あの窓には、スクリーンなどなかったのですよ。それは間違いない。いったいなにに、映像が映し出されていたというのです？」

「いえ、そこまでは、私もよくは……」

三田村は弱々しく頭《かぶり》を振る。

映像であったとしてもまだ謎が残るわけだが、空中で消えてしまう女、というオカルトよりは信じてもよさそうだった。しかし、いったい誰が、なんのために、そのような仕掛けをしたのか……。

私がそんな疑問にかまけているうちに、挨拶を残した三田村は、ノロノロと立ち去っていた。

長い。やっぱり長すぎる。

天地龍之介は、まだ昏々《こんこん》と眠り続けている。

さすがに心配になって、脈や息を確かめてみたが、それは平常だった。彼の防衛本能が、幽霊騒動や殺人といった外界から逃避させているのかもしれない。

私は、事件の周辺で見聞きしたことを、ホテルの便せんにこと細かく書き記していた。記憶が鮮明なうちに。

私達が出歩いている時に龍之介が目覚めたら、これを読んで情報をつかんでほしい。無駄がはぶける。様々な話を文字にしながら、私はあれこれと推測を巡らしたが、期待の持てそうな筋は見えてこなかった。

遅めの昼食は、サンドイッチ程度のものしか喉を通らなかった。龍之介の分、食事代が一食浮いた。

「犯人か、少なくとも遺体はあの現場に存在しているはずだった……」

一美さんは一口だけコーヒーを飲んだ。両手で持つカップは、そのまま顎《あご》の前で止まっている。

「犯行推定時刻をごまかすために時計を壊すというのは、推理ドラマによくあるけど、人見さんが持っていた電算カードは、そこまで計算して壊されたとは思えないわよね」

「同感。リアルなアクシデントだったんだろうと思う」

「でも、その時刻が、殺害時刻とは限らない。もっと早い時刻に犯行が行なわれ、犯人は、三田村さんやわたし達が到着する前に、幽霊館から遺体を運び去っていた。他の場所で遺体を動かしている最中に、電算カードは壊れてしまった。これなら、不可能状況はなくなるけど……」

しかし、それで犯人像が絞られるわけではなかった。

私は、降旗達の話題を出してみる。

「夕食をごちそうになった人見先生と別れた後、降旗と飛島は商店街を歩いたってことだったよね。日本酒の試飲をしたり、土産物を見たりしていた。八時頃からだ。向井君子は一人で部屋に戻った」

「あの夜、光章さんが廊下で声をかけた時は、ちょうど男性陣が帰って来たところだった」

「アリバイとしては曖昧だなぁ。彼らはルームキーを持って出ていたそうで、フロントも、あの三人の出入りをはっきり覚えてはいないみたいだし」

たまたま聞こえてきた情報によると、池渕支配人はけっこう長時間にわたってアリバイが成立しているようだ。少なくとも、夕食後の七時半以降は、フロントに立ったり事務室に入ったりと、何人もの従業員と共に仕事をしていたらしい。私達が間欠泉見学に出かけた数分後には二人の来客があり、支配人室で三十分ほど会談。その後も、十一時ぐらいまで仕事を続けている。

「遺体を載せていた車だけど、すぐにまったく進めなくなる道の状況を知らなかったということは、運転していたのはよそ者ってことかな、やっぱり?」

「そうは決めつけられないと思う」一美さんは慎重な目の色だ。「犯人はもともと、遺体を本気で隠してしまおうとは思っていなかったのかもしれないし。もしそうなら、道のことをよく知っている自分が疑われないようにと、あんな形であえて遺体を放置した可能性が出てくる」

「事故も演出というわけか」

「例えば——本当に例えばだけど、次家さんのようにこの土地を二、三日留守にしていて、あの道の状況を知らなかった地元の人もいるかもしれないしね」

私達は、疑われ続けたくはなかったので、事件を早くすっきりさせたく思い、心ならずもいろいろな人を容疑者として仮定しなければならなかったが、警察が最有力容疑者と目《もく》しているのは、やはりどうも、他ならぬ私や一美さんのようだった。三時すぎに、ホテルのロビーにいた私達の前に現われた安藤刑事の目が、それを如実に物語っていた。

「幽霊館などと呼ばれているあの現場まで、ご足労願いたいのですがね」

よく光る頭を親指の爪でこすり、彼は言った。表情は穏やかだったが、有無《うむ》を言わさぬ深刻さがその両目にあった。

龍之介はまだ失神の延長を続けている、と伝えると、本当か？　と疑う色を刑事は見せた。珍しい例に、対処方法をしばらく考えあぐねているようだったが、彼は、

「あなた方二人だけでいい」と言った。

龍之介に意識がなくてまごついているのはこちらも同じだった。あいつに適宜《てきぎ》活躍してほしい事件が幽霊ショックがらみとは、相手が悪かった。

外に出ると、厚い雲が空を覆っていた。

7

「血痕を隠していた木箱が置かれている位置が、あなた方が見た時のままか、違っているのか、それを確認していただければ、犯行があれより前だったのか後だったのかを推定する材料の一つになるでしょう」

若い刑事と一緒に私と一美さんの前を歩きながら、安藤刑事が話している。

「死亡推定時刻は、九時前後、と出ています。それと、あなた達が目撃した光景に、映写機が関係しているようでしてね、それも実地で確認していただきたいのです。小部屋の窓の件ですよ。西側の空中に浮かんでいた人の姿というのは、映写機などとは無関係なようで……」

安藤刑事は肩をすくめる。

「あれは依然として、怪談の領域に残っています」

人垣を通り抜けて、私達は幽霊館の門の中に入った。三田村学先生と次家幸四郎の姿があり、その脇に控えていた刑事が、「大学生三人組は、もうすぐ来ます」と、安

ている。

藤刑事に報告した。

昼間見るとやはり、幽霊館も、不気味さよりもうら寂《さび》れた感じのほうが強く漂って
いる。

三田村と次家を、安藤刑事は、

「あなた達も、三階へ来ますか」

と、他意がなさそうな声で誘った。

二人は無言でついて来たが、三階に達すると、三田村が、

「あれっ」と声をあげた。「誰が、のれんなんか下げたんです？」

短い通路に入ってすぐの所で下がっているのれんに、三田村は目をやっている。

「あの夜もあったのですか？」

と私に訊いてくるので、頷きを返す。

「へえ……」

「それまではここにはなかった、ということか？」

若手の刑事が質問をする。

「誰かが遊びで掛けたのでしょうね。ここに荷物を移動する時、私も手伝ったのです

が、その時は、こののれんは丸めて立て掛けて置いただけです。まあ、誰でもここへは入って来れましたからね。いろいろ気紛れで動かすぐらいはやるでしょう」

私は、のれんをくぐってから上を眺めてみた。幅はおよそ二メートルで、垂れ幕に使えるほどの長さがあるのれんだった。それが、通路を横切っている直径十センチほどの、空調用かなにかのパイプの上に掛けられているだけだった。表を向けている側とは反対側にも、のれんは多少垂れている。そちらはつまり、のれんの上端で、白木の棒が通っていた。そちら側の重さと、反対側に垂れている長い表側の重さが、ほぼ釣り合っているわけだ。きちんと金具などで止めているわけではなく、おもしろ半分にやった行為に見える。

「肝心なのは、この木箱が動かされているかどうかですよ」

安藤刑事は、脇見をせずに捜査を進める。南側のスペースを見渡せる場所まで進んだ彼が指差しているのは、ペンキ類が入っている木箱だった。

——間違いない。

私は一美さんと目を合わせ、それから答えた。

「その箱は、あの時もそこにありました。ただ、もうちょっと、壁にきちんと背を近付ける感じで」

「それは、我々が動かした際《さい》のものです」

……恐らく、故意に多少ずらしてあったのだろう。こちらの記憶の正確さを確かめるために。

安藤刑事は、両手を打ち鳴らすように合わせた。「するとやはり、犯行は、お二人がここへ来る前に終了していたということですな。犯人は血痕を隠すためにその箱をここに置き、その後で、長代一美さんと天地光章さんがやって来た」

そこで一美さんが、安藤刑事に訊く。

「わたし達の指紋が、その箱を動かしたような状態で発見されましたか？」

「素手で作業はしなかったかもしれませんでしょう」あっさりと言ってくれる。

私は突っかかる口調になった。

「真犯人の指紋は選別できそうなんでしょうね？」

「それが、古い指紋も含めて数が多すぎましてね。分類するだけでも容易ではないのです。しかも、拭き消された痕跡のある場所も何ヶ所かある。自分が触ったと思う場所を、犯人が拭いていったのかもしれない。犯人の指紋が残っていない可能性も高いですな」

それから安藤は、小学校教師に顔を向けた。

「ところで三田村さん。ここへこうした荷物を運び込んだそうですが、この木箱はどこに置いたのでしょうか?」

「そこまではちょっと……、よくは覚えていませんが、他の箱の上に積んだのではなかったかと思います。自信はありません」

軽く頷き、

「では、特に光章さんに見てもらいたい実験に移りますか」と、安藤刑事は言う。

「あの窓の、女の姿ですね」

刑事が指を向ける隣の小部屋は、窓がボードで塞がれていて薄暗かった。

「目撃した時と同じ場所に立ってください」

指示を受けて、私はあの夜と同じ場所に立つ。戸口の空間の向こう、さらに四メートルほどの所に、窓が見える。

そこでいいですね、と私に念を押し、それから安藤刑事は小部屋に待機していた制服警官に合図を送った。警官が死角に姿を消し、二、三秒が経つ。

すると、それが見えてきた。

窓を塞いでいる白いボードに、黒を背景にした女の姿……。なにかに腰をおろし、斜め後ろの姿を見せている。なにに腰をおろしているのかは見えない。……あの時は、それが窓枠だったのだ。

「あ、あの時の光景です、刑事さん……」

「人見優子さんですよ」

「……そうですね」

顔に意識を集中して見ると、確かにあの人だった。横顔を見せつつあったシーンで、彼女は向こう側に転落してしまう。一度は、腰掛けていた部分につかまり、のぼってこようとするが、結局手を離してしまう。

「以上で映写終了です」安藤刑事は満足そうな様子だ。「ところで、光章さん。あなたはこの映像に接近したことになりますが、実物と映像の区別ぐらいつかなかったのですか？」

それを言われると一言もないが、これ以上疑われたくはないので、私は順を追って懸命に説明した。第一印象では奇妙さを感じたけれど、あの時の精神状態は非現実的な感覚を否定したかったのだ。そして、青い明滅光が届いていた、視覚的な条件の悪さ。走りだしてからは視界が揺れるし、興奮状態になっていた。一番近付いた時には、手らしきものしか見えていなかったのだ。ビデオプロジェクターのわずかな作動音は、間欠泉の噴出音で消されていた。

聞き終わると安藤刑事は、むずかしげな表情で、

「それをひとまず信じるとなりますと、光章さん達の供述の一部には説明がついたことになる。殺人行為を隠蔽《いんぺい》したい人間にしては、余計なことに血道《ちみち》をあげた感じになりますな」

かろうじてホッとしながら、私は尋ね返していた。

「しかし、あの時はスクリーンなどなかったのですよ。スクリーンがない限り、映像は見えない。それはどういう……？」

そこに不備が残ると、結局こちらの供述の信憑《しんぴょう》性がまた疑われるのではないか。その点が心配だったのだが、安藤刑事は淡々と、

「その仕掛けは、鑑識が発見しましたよ」と応じた。「外の窓枠に取りつけられていたのです」

「取りつけ……。なにがです？」

「窓枠に取りつけるとうまく偽装できる、四角い枠になっている装置です。その枠内に、横に一本、白いバーがセットされているわけです。そうですねぇ、ブラインドの一枚をもっと細くした感じの物、とイメージすれば近いですか。これが途中で止まっていれば、窓枠の中に、平面的な細い横棒が見えることになります。この棒が、ベルトコンベアー状の駆動部分に取りつけられていて、縦方向に高速で動くのです」

するとどうなるのだろう？

「これがスクリーンの役を果たすのですね。空中に像が結ばれている時、ピントが合っているその空間で棒を振ったりすれば、そこに映像を見ることができます。鑑識の話によると、残像効果というやつのようですな。棒に映った一片の映像が、ちゃんと平面全体の絵柄を構成するわけです。テレビの走査線も、同じような原理と言っていいでしょう。さすがに、人が手で振る程度では動画にはきれいに対応できないでしょうが、仕掛けられていた装置なら、それが可能だそうです。高速で動いているバーそのものは、肉眼ではほとんど見えない」

わざわざそれほどの装置が、この幽霊館に設置されていたのか……。

「映像の投影終了と同時に、無線で連動してバーは動きをやめるようでしてね。光章さん、あなたが窓に達した時には、そこは通常どおりの、ただの空間だったのです」

「でも、いったい誰がそんな?」私は思わず疑問を口に出していた。「犯人ですか?」

その時、後ろから声がした。

「そ、それをセットしたのは、人見優子さんではないでしょうか」

――龍之介だ!!

勢いよく振り返ると、奴が立っていた。

「龍之介さん……」一美さんも声を漏らす。

ようやく目覚めたか。

我が従兄弟《いとこ》だけが、場違いに浴衣のままだった。傍《かたわ》らに刑事が立っている。龍之介が関係者であることを知っていて、ここまで通したようだ。龍之介は、私が事件の情報を書きつけた、ホテルの便せん数枚を握り締めている。多少息を切らし、そして、オズオズとした表情。

「優子が?」

と龍之介に聞き返したのは三田村学だった。

頷く龍之介に、安藤刑事が声をかける。

「そう考える根拠、お伺いするのも興味深いのですが」

「え、えーと……」

気後れしそうになっている龍之介は、私と一美さんに視線を合わせ、それからようやく切りだした。

「ま、窓の仕掛けは、いま説明があったようですけど、『それを仕掛けたのは私です』と名乗り出る人がいないということは、犯罪とは無関係ではないからなのだ、と考えてもいいように思います」

そこで安藤刑事が、軽くジャブを返す。「殺人などという騒動に怯えてしまって、この悪戯の仕掛け人だと名乗り出られずにいるのかもしれませんがね」

「殺人が発覚するのは、け、今朝になってからです。昨夜一晩、たっぷりと時間があったのに、なぜ、九時頃には役目を終えていたその機械を放っておいたのでしょうか」龍之介は頑張って言い返した。とても弱々しく。「そう考えると、そ、それをセットしたのは、犯人でもないことになります」

安藤刑事は頷き、

「犯人には死体を動かす余裕があった。車も手に入れていた。犯罪の小道具であるなら、当然、映写装置等も一緒に処分しているはずだ、ということでしょう」

この先は？　と促《うなが》すように、和製ポワロはちょっと気取ったポーズを見せた。

「え、映写装置を仕掛けた人は、殺人犯ではなく、そして、もうそれを回収できない人物だった……」

すでに、死亡していたから。

「人見先生当人なら、あ、あのような映像にふさわしい演技を、適当なものが撮れるまで何度でも行なえたはずです。で、でも、犯罪のためではないでしょう。人見先生は、変わったパフォーマンスにも熱意を注ぐ方のようですね。それに、理工学部の助教授です。装置を手作りすることも可能だと思います」

「じゃあ……」

私が言いかけた言葉の続きを、龍之介が形にした。

「人見先生は、この幽霊館で昨夜、誰かを驚かせようとしていたのではないでしょうか」

それぞれがその見解を受け止めていると、迷う様子で口髭をモゾモゾと蠢《うごめ》かせてい

た安藤刑事が、

「実は」と言った。「被害者がビデオプロジェクターを購入した記録が発見されているのです。彼女の東京の部屋でね。ここにあるのと同じ機種です。それと、プロジェクターと窓枠の装置には、不鮮明ながら被害者の指紋があった」

龍之介はその裏付けを受けて、

「問題の映像の仕掛け人が人見先生だとすると、驚かせようとしていた相手は、次のどちらかではないでしょうか。三田村先生か、この温泉地に招いた教え子達か」

しーんとした後、今まで黙っていた次家が口をひらいた。

「俺は、三田村さんが、なーんか関係しているような気がしてきたな」

その告発に、聞き手達はギョッとして次家を見る。

「ほら、西の空中に浮かんでいた女の霊、って話があったろう。あれのトリック、この先生ならできるかもしれないって、思いついたのさ」

本当に？　とごく自然に疑ってしまう私とは裏腹に、当人は自信満々だ。

「子供達を犯人として疑わない限り、彼しかいない」

「ですがね、次家さん」

安藤刑事が顔を向ける。

「犯行時刻前後、三田村さんが三階へのぼらなかったのは確かなのですよ。特にしっかりしていそうな子供、何人かに訊きましたが、三田村さんがこっそり三階へ行ったということは有り得ないようです」

ニヤニヤと笑う次家。

「二階にいたからこそできたトリックさ」

「ほう！　どのような方法でしょう？」

私も興味がわいてきた。

「空中を浮遊していた女というのは、本当に浮いていたのさ。だからあれは、女の姿をした風船だったんだな。もちろん、ずいぶん器用に色が塗られていた。地面か二階辺りに、紐《ひも》でつながれていたんだ。その紐をのばすかなにかすると、風船は、電光のストロボに照らされる空間に登場して人目を引く。二階の窓にいた三田村さんがやったと考えるのが素直だろう」

確かに、二階の窓は陰になっていて、青い明滅光も届いてはいなかった。外から目撃される心配は低いだろう。

見ると、三田村はじっと唇を結んでいる。驚いている目の色だった。

「紐をさらにのばすか、切るかする」次家は続けた。「上昇する風船を、断続的に光が照らす。それだけのことだよ」

ありそうでもあるが、なさそうでもある。あの時見えていたのが、風船だって？

「その後はどうなったのかしら？」と訊いたのは一美さんだ。「青い光はもっと上空まで届いていたのですよ。風船なら、三回だけではなく、もっと上空まで見えていたはずですけど」

厳しい顔で考え込むと、ややあって次家は言った。

「紐はまだ三田村さんの手にあったんだな。それを手繰《たぐ》って窓の中まで引っ張り込み――」

「そんな時間はありませんね。窓に入る前に、少なくとももう一度は光に照らされたでしょう」

「そうか！　割ればいいんだよ！　二階の窓からなにか飛ばして風船を割った。これなら一瞬で消えてしまう」

今度は安藤刑事が異議を唱えた。

「次家さん。それだけのことをしている間、子供達が先生を見ておらず、後でそのことをまったく思い出しもしない、と言うのですか？」

「それに」私も記憶を呼び出しながら言った。「三回見えたあの人間の姿は、やっぱりその都度《つど》格好が違っていたと思います。姿勢が。風船を三種類も操るとなると、現実性のなくなる方法ではないですかね」

次家は不機嫌そうに唇を歪《ゆが》め、そっぽを向いた。

私は、最後の頼み、龍之介に訊いてみる。

「お前さんはどうだ、龍之介？　あの件は説明できそうもないか？」

「いえ、謎は解けるように思います」

——えっ!?

誰もが驚いたはずだ。

しかし龍之介は、

「次家さんのご意見に、ヒントは含まれていますね。ただ、仕掛けなどはこの場合、まったくいらないと思います。もっと単純明快な事態だったのですよ」

と言ったところで、話を中断させる。怯えのこもった目で、周囲を見回し、

「そ、それより、もうここを出てもいいですか?　ゆっくりと、他で話しましょうよ……」

よく見ると、彼はどこか逃げ腰で、足からも力が抜けかけている。昼間ではあっても、彼にとってここは、あくまでも幽霊館であるらしい。血なまぐさくて無惨な、殺人の現場にもなっているわけだしな。年齢からは想像もできないほどナイーブで小心者の彼が、落ち着かないのも無理はない。

……それでも、ここまであがって来てくれたんだな、龍之介。

8

安藤刑事を先頭にして下へおりながら、窓枠に仕掛けられていた装置のことを、私は龍之介に話して聞かせた。安藤刑事の話の前半は耳にしていないだろうから。恐らく、龍之介は推理によって同じ結論に達しているとは思うけれど。

龍之介は頷き、視覚情報は、脳では三十分の一秒保持されますから、そうした残像が一つの場面を合成してしまうのですよね、と言う。あの時窓には、残像のスクリーンが張られていたことになります。

ボクは、人見さんが驚かそうとしていたのは、教え子の三人だったと思います、と、龍之介は話を続けた。その日時が、三田村さんの学校が行なった肝試しと重なったのは、偶然と、そうでない場合の両方が考えられますね。人見さんは、電光看板の不備が幻惑の効果を生み、だましが効きやすいと考え、修理されてしまう前にと急いで、あの夜にトリックを実行しようとした。こんな偶然で、三田村さんが引率《いんそつ》した肝試しと重なってしまうこともあると思います。

もう一つは、人見さんが三田村さんの学校の行事を知っていたケースです。この場合は、驚き怯える教え子達の姿を、小学生に見せてやろうというような悪巧《わるだく》みによってあの時刻が選ばれたのかもしれません。

なるほど、と私は納得する。大学生達はばつの悪い思いを味わうし、小学生達は、いっそう怯える演出に出逢うことになる。

……しかし、すでに死んでいる人の仕掛けが自動的に動き、その人の姿をこの世に現わすというのは、ある意味では、それも現代的なオカルトだな。

野次馬からは見えない館の脇へ、私達は移動した。

龍之介は、足の震えを抑えるように、芝生に腰をおろしてしまった。木の幹に背中を当てるが、ご丁寧にも、幽霊館が視界に入らない方向をちゃんと選んでいる。探偵役としては、どうも締まらない構図だった。まあしかし、これが天地龍之介だ。

私達は立ったままで、まず、次家幸四郎が性急に口を切る。

「俺の話にヒントがあるって、どういうことだ？　あの幽霊はなんだったんだ？」

言葉を探すような間《ま》の後、龍之介は静かに言った。

「犯人が三人いれば、無理なくあの現象は起こると思います」

「なんだって!?」

安藤刑事の声が響いたが、私も同じような叫びをあげるところだった。誰もがそうだったろう。

人の気配を背後に感じた私はそちらを振り返り、ハッと息を呑んだ。

警官に案内されて、あの三人が立っていたからだ。降旗吾光《あこう》。飛島一馬。向井君子。

誰もが声を継げずにいる間に、龍之介が次の言葉を語った。彼からは、大学生三人は見えない。

「ま、まず、ちょっと前提を確認しておきたいのですけど……、あの映像装置のスタートがセットされていた時刻の前後は、近くに人見先生はいたはずなのです」

「そうなるかな……」若い刑事が思案する。

「タイマーのセット時刻は、間欠泉の噴出に合わせてあったはずです。映写機や、バーでスクリーンを作る装置の音を消すためにですね。でも、間欠泉のインターバルは正確ではありません。何十分も前からセットしておいたりしたら、どうしても誤差が生じてずれてしまうでしょう。何回か前にセットする、ぐらいが適当だと思います。それだけではなく、ちょうどいい時刻に、ちょうどいい場所に、相手を誘導しなければなりません」

龍之介は一時《いっとき》、言葉を途切らせた。

「人見先生は、彼らをその場に誘導し、サッと身を隠す。その直後に、あの映像を彼らが目にする、という段取りだったのではないでしょうか……」

「では」若い刑事が言った。「被害者も犯人も、あの時、やはりあの現場にいたことは確定的になる、というわけだな」

「すると、犯人も被害者も、あの現場から消えてしまったことになる」私は言った。

「一人の犯人でも大変だろうに、三人も逃げられるものなのか?」

「脱出方法は単純です……」

そこで龍之介は、ややうつむいた。

言いたくはない推理が待っているのだ。

だが、私や一美さんが事件には無関係だと証明するために、彼は語ろうとしている。殺されてしまった人見優子のためにも。

サラサラとした前髪が揺れる横顔は、憂《うれ》いがちで、大きな目からその思いが溢れそうだ。ちんまりとしているが筋の通っている鼻を、龍之介は一度こする……。

「人見先生の電算カードが壊れた時刻、三階のあの場所で、教え子達は先生を殺してしまったのでしょうね。発作的な犯行だったはずです……。我に返って周りを見回した彼らは、敷地の中に三田村さん達が入って来たことに気がつきます。彼ら小学生一行がなにをするつもりなのか判りませんでしたが、とにかく、三人は死体は隠してしまおうとしました」

私は、それとなく大学生達に目を向けた。どの顔も、血の気が失せて強張っている。飛島の目が、小動物のように揺れ動く。

安藤刑事も、じっと彼らを凝視していた。

「死体や血痕を隠しつつ下の様子を窺《うかが》っていると、一行が館に入って来るではありませんか」

龍之介の声は続く。

「大学生達は逃げるしかありません。一応は隠したといっても、死体は発見されてしまうかもしれないのです。その現場で、自分達の姿を見られるわけにはいきません。窓からロープでも垂らしておりるか、飛びおりるか、逃走手段はいずれかです」

「飛びおりるの？」

と、一美さんが問い返す。

「裏の池なら大丈夫でしょう。館に近く、深さもあります」

そうか。あの池。豊かな藻が、クッションになるかもしれない。……遺体を投げ落としたのではなく、犯人が飛びおりたのか。

「彼ら三人は水泳部に所属しているはずですね。あの水深なら飛びおりても危険ではないと、感覚的につかめるのではないでしょうか。明るいうちに見学して、池の様子は知っていたのかもしれませんし。多少無理であっても、やらなければならないのですけどね……」

それはそうだ。長いロープもなかったのだろう。

「間欠泉も噴きあがりました。あの大きな噴出音が、落水時の音をある程度隠してくれるでしょう。今しか、チャンスはありません。電光看板も、いつ接触が正常に近くなって、明るくなってしまうか判らないですしね。あの場合でも目撃される危険はありましたが、他に選択の余地はないのです。三田村先生の一行が、反対側の東側にいる時を狙って、三人は次々に飛びおりたのだと考えられます。履き物は懐《ふところ》にでも入れて」

呼吸が少し荒い降旗が門のほうに目をやると、強面《こわもて》の刑事が彼のすぐ横に立った。

この時にあの現象が起きたわけですね、と龍之介は言う。

「最初に飛びおりた男の人の姿が、一瞬の光に照らし出されました。次の一瞬にはその映像も闇に沈み、代わって次の男性が飛び出して来ていました。もちろん、飛びおりる場所は違います。連続して飛びおりたのは、時間の短縮もありますが、暗闇の中での事故を防ぐためなのでしょうね。前に飛びおりた人間が水中で移動している時、その上に次の人間が飛びおりてしまったら大変です」

だから、違う場所であることを確認しつつ、連続して飛び出したのか。考えているな。

「およそ一秒後、二人めの男性が照らし出されます。照らし出された時、この男性は、最初の男性が残した残像よりは上の位置にいました」

そういうことだったのか！

愕然となり、また爽快《そうかい》でもあり、私は膝を打ちたくなった。龍之介が何度も言ったとおり、単純明快な真相だ。

「最後に飛び出したのが、女性の向井さんなのでしょう。彼女の姿が、最も高い空中に見えました。その前に飛び出している者達の姿は、すぐ下にある闇の中に落下しているわけですね。この建物の西側は、二階の上端までは、看板の塔を囲む高い塀の陰になっていました。そこへ、飛びおりた人間達の姿は吸い込まれていったわけです」

そうか！　次家の推理の中にあったヒントというのは、これか。上空はもっと上まで光に照らされていたから、そちらに向かった物は照らし出されてしまう。しかし、下の方向ならば、至近距離に闇があったのだ。それに、三つの風船なら無理も出てくるが、三人の人間なら、逆に、あの現象を成立しやすくさせてしまえる。

「落下直後の一秒間での物体の落下距離は、空気抵抗を度外視した場合、重さには関係なく四メートル九十センチです」

と、龍之介が計算と推理をまとめ始めた。

「先に飛びおりていた人の姿は、充分に、下にある闇の中に消えていますね。光の中に残った三つの残像をつなげた結果、それは一人の人間が上昇しているように見えましたが、実際には、三人が落下していただけのことだったのです」

この見事な手さばきに、刑事達も唸っていた。謎から真相へのベクトルが、痛快に逆転する。上昇と落下。あの時の目撃者達は、逆回しの映像を見せられていたようなものなのだ。

「後は、空中にいたのは一人の女性だ、と錯覚した理由ですね」

自説の手抜かりを嫌う研究者のように、龍之介は最後の詰めに入った。

「降旗さんも飛島さんも、大柄な男性ではありませんが、そのことよりも、後から植えつけられた先入観のほうが、大きな影響を及ぼしたのではないでしょうか」

後から植えつけられた先入観？

「唐突に、空中にいる人間の姿を一瞬だけ見せられたら、驚愕してしまって正確な把《は》握《あく》などできないでしょう。今のはなんだ、という疑問が渦巻くだけではないでしょうか。次の人影を見せられた段階で、やはり人間か、と認識するのが精一杯ではないかと思います。そして、三人めが、女性の特徴をよく示していた。女性だ、と直観する。その結果、すべてが同一人物だと錯覚させられていた人達は、最初から全部女の人の姿だったのだと、認識を修正してしまいますね。ただ、中には——長代一美さんのように、第一印象で男性を感じていた人もいるわけです」

それか！　男でもあり女でもあった浮遊霊の正体は、それだったんだ。

超常現象の謎が、見事に氷解していく。

「犯行時、三人は、浴衣を着ていたのだと思います」

そう言って龍之介は、自分の浴衣に染められている団扇《うちわ》模様を指差していた。

「この模様は青で染められていますから、青の光で照らされると、その色のフィルターを通したのと同じことになり、見えなくなってしまいます。ですから、白一色か青一色の着物として認識されたのでしょうね」

うーん！

「私達は幽霊騒動の直後、ホテルの廊下であの三人に会いました。皆さん洋服を着ていました。あの日に撮った写真を見ますと、三人とも浴衣を着ています。昼間、外を歩く時にも浴衣を着ているのに、夜のあの時刻になって、なぜ全員が服を着ていたのでしょう……」

「そうだったのか……」

背後の三人を意識してしまって妙に嫌な気分だったが、私は言った。

「池に飛び込んで、浴衣が濡れてしまっていたんだな。替えの浴衣もないし……」

たぶん三人は、この敷地の金網フェンスをよじのぼって越え、ホテルの裏口から部屋へ戻ったのだろう。それも、浴衣のままで戻ったのは一人だけなのではないか。よく絞ったはずではあるが、濡れて汚れ、しわくちゃの浴衣だったに違いない。見られれば怪しまれるのは必至だ。一人が人目を盗んで部屋へ駆け込み、着替えてから、隠れている二人に服を届ければ少しは安全ではないか。ルームキーは持っていたそうだし。

三人が別行動だったことを強調するために、向井君子は一人で部屋に戻ったと供述する計画にしたのだろうな。

そんな考えに集中していた私は、後ろから聞こえてきた声にビクッとなった。

「わたしは殴っただけよ」相当に低く、そして静かすぎるほどに静かな、向井君子の声だった。「首を絞めたのは――」

「お前！」

降旗が怒鳴り、三人は争うように身構えた。

真犯人達の突然の自白を耳にして一番仰天したのは、謎解きをしていた龍之介だった。

9

出立《しゅったつ》準備が整った頃、安藤刑事がやって来た。

お詫《わ》びとお礼がしたい、ということで、一階ラウンジに誘われた。頼むのは、コーヒー程度だ。ずいぶん安上がりなお礼だった。

「動機は、痴情のもつれ、ですよ」

刑事の小柄な体が、私達の前の席にある。彼のスキンヘッドは、近くにあるオレンジ色の照明を浴びていて、もうはや夕日がそこにあるかのようだった。

彼の話によると、向井君子と降旗吾光は恋人同士だったのだが、降旗が人見優子にも色目をつかうようになったという。教師と教え子だが、人見優子もかなり深く降旗と付き合うようになっていたのだそうだ。しかも、飛鳥一馬も人見助教授にぞっこんだった。自分と同じ、学生にすぎない者が、美貌の助教授に手を出しているのは我慢ができなかった。フリーである自分にこそ、その価値があると、男女のつばぜり合いが激しくなっていたらしい。ドロドロの四角関係だ。

人見優子も、あっけらかんとしていると言おうか、思慮よりも乗りで生活を楽しむところがあるようだ。時にはそれが、相手を空っぽにする無神経さにもつながる。幽霊館の三階で、彼女は、三人の男女の神経を逆撫《さかな》ですることを口にしてしまったらしい。

向井君子が被害者を殴りつけた。大声をあげて逃げようとする人見優子の口を、降旗が手で塞《ふさ》ぐ。誰もが逆上してしまった。人見優子が暴れ、男達が彼女を引き戻す。倒した彼女の上に飛鳥が馬乗りになり、降旗が首を絞めた。……気がつくと、人見助教授は死んでいた。

「ところで、まだ一つ、謎が残っていたでしょう」

なにか機嫌よさそうに、安藤刑事は言う。

「死体の隠し場所ですよ。光章さん達が三階に行った時、あそこに死体があったことが判明しています」

「えっ!?」

私と一美さんの驚きに満足したのか、彼の口髭の両端が、少し上にあがる。

「どこにあったと思います? どうです、龍之介さん、予想がついていますか?」

この人、本当は龍之介に挑戦しに来たんじゃないのか。

「やはり怪しいのは、あののれんですからね」龍之介は控えめな表情だ。「あれが掛けられていたパイプの上に、寝かせられていたのではありませんか」

「ほほっ。いや、まさに、そのとおり」

「パイプの上に寝かせる……? あの細いパイプの上にか?」

「たぶん、仰向けにしたのではないでしょうか。そうすれば、うつぶせほどには、足がダラリと下がりません。ロングスカートが、両足を包んでまとめていますしね。膝から下が多少下がっているぐらいでしたら、パイプの下を歩く人間には気付かれないでしょう」

確かに、あのパイプはそれぐらいの高さにある。犯人達は、積んだ木箱でも足場にして、そんな作業を行なったのだろうな。

「両腕は、お腹の上で組ませるようにすればいいでしょう。のれんの幅は二メートルはありますから、小柄な人見先生の体は隠れます。ただ、遺体に直接のれんを掛けただけでは、凹凸が激しすぎるでしょうから、厚紙とか、クッションフロアのシートのような物を遺体にかぶせた上からのことだったのではないかと思います」

厚紙みたいな物が、トンネル状に死体を包み込んでいるわけか……。幽霊騒動の時ののれんが、皺の寄った、ずいぶんとだらしない感じで下がっていたのを、私は思い返していた。先ほど入った時、のれんの高さが下がっていることに気付けたかもしれないんだな。

そ、それにしても、頭の上に死体が……。

もしあの時、見上げていたら……。

「でも、あんな細いパイプの上だったら、ロープで縛りつけて固定することだってむずかしいんじゃないか?」あれこれ想像してみて、私はその点を確信した。「うん、かなりむずかしいぞ。あの時の犯人達に、それだけの精神的な余裕や時間があったかな？」

「その前に光章さん」一美さんが言う。「人見さんの体には、ロープの跡はなかったって話じゃない」

「あっ、そうだった。縛ったんじゃないのか？」

安藤刑事は、面白そうに龍之介を見つめているだけだ。

龍之介も、促されていることは感じたのだろう、刑事と私に視線を交互に送ってから、口をひらいた。

「あののれんを掛けるだけでよかったのですよ、光章さん。それで、遺体のバランスは充分に取れているのです」

「なに？」よく判らない話だ。「どういうこと、それ？」

「重心の……」

と言いかけたところで、龍之介は並んでいる調味料瓶に手をのばした。

「実際にやってみましょうか。光章さん、この箸《はし》の上で、この瓶のバランスを取ってみてください」

龍之介が手にしているのは、袋に入っている割り箸と、直径三センチほどの塩の瓶だった。

「瓶の曲面でか？」

龍之介は、箸を水平に持っている。そこに、横に倒した瓶を近付けている。瓶の中心軸と箸のラインが一致する方向だ。

「そうです」

龍之介がそう言うので、私は瓶と箸を受け取った。箸の上に瓶を載せるが、コロッと転がってすぐに落ちてしまいそうになり、「とっ」と私は瓶を押さえた。

「ちょっと待ってくれ」

私はもう一度、慎重に挑戦する。瓶が転がりそうになる方向に箸を動かし、なんとかバランスを取ろうとするが、容易ではない。

「誰がやってもむずかしいです」龍之介が言う。「次は、これでやってもらえますか」

我々が不思議そうに見守る中、龍之介は二つに折った薄手のハンカチを用意した。それを、手で固定しておいた瓶の上にフワリと掛けた。瓶の両側にハンカチが垂れている。これが、のれんということか。

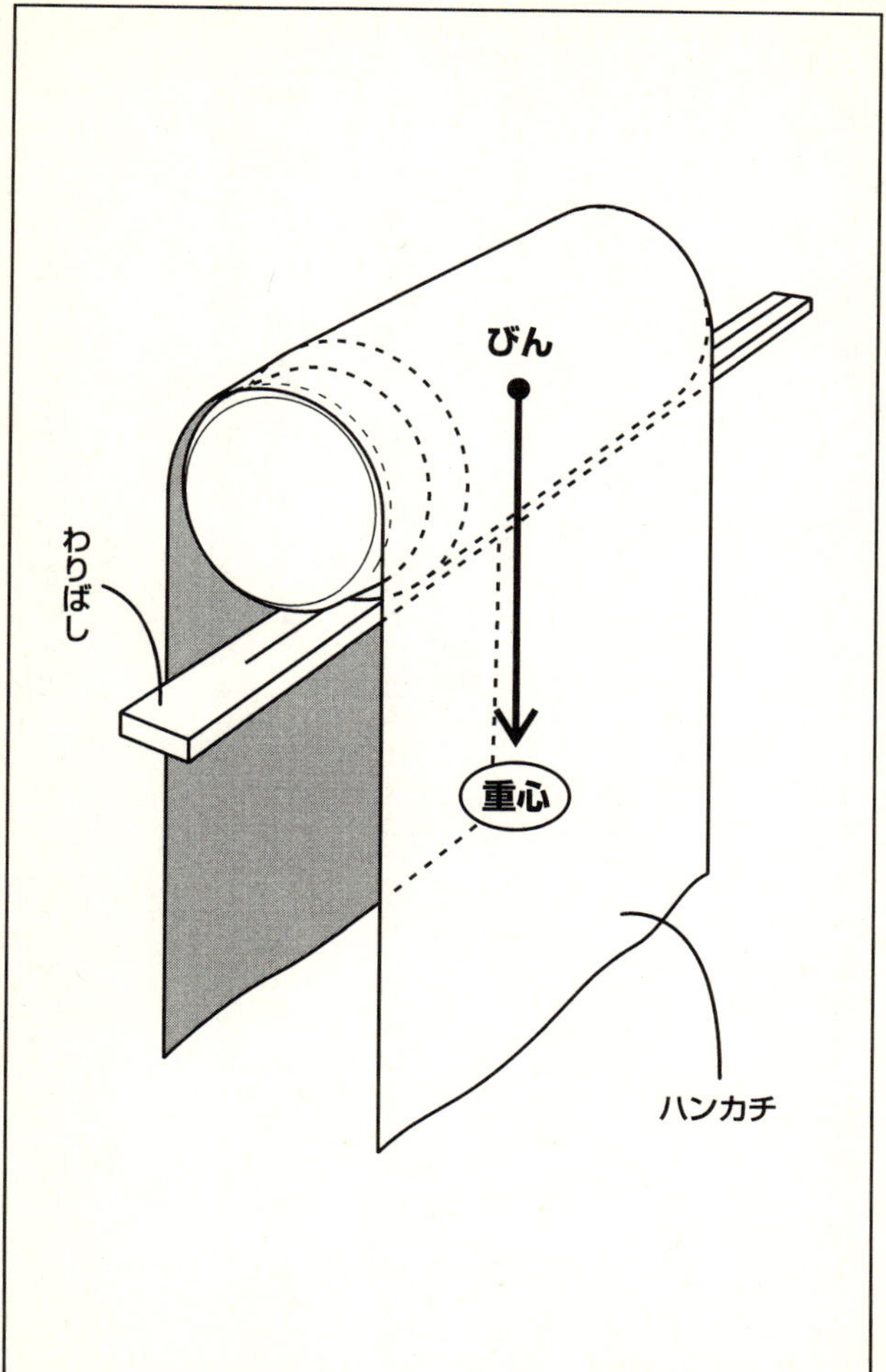
びん
わりばし
重心
ハンカチ

そうして、瓶を押さえていた手を離すと——なんということだ。

「楽々だ！」私の声は歓声に近かった。「転がろうともしない感じだ。瓶は安定している！」

「本当に？」一美さんも驚きの目を見せる。「それだけのことで？」

「うん。ほら、多少揺すったって落ちそうもないよ。龍之介、これはどういうこと？」

「箸の上にあるものの重心が低くなったからですよ。最初の状態では、当然、瓶の中心に重心があり、それを下の小さな点で支えようとするのですから、不安定なのは当たり前です。でも、布を掛けることで、全体の重心は箸よりもずっと下になります。そうなれば、ヤジロベエですよね。容易なことではバランスを崩しません」

ふーん！　そうなのか。言われてみればそうなのかもしれないが……。

「幽霊館三階ののれんも、前後でバランスを取っていました。長いのれんの重心は低いところにあります。遺体を含めた重心が、ですね」

この瓶と同じように……。

「大学生の中の誰かが、こうした具体例を知っていたのでしょうね。咄嗟《とっさ》に試みたわけです。人見優子さんの遺体はパイプの上にありながら、その重心は、パイプよりはずっと低い、戸口の空間にあったことになります。ちょうど、スクリーンがない状態でのビデオプロジェクターの空中像と同じように、見えないけれど、死体やのれんにかかる重力の焦点がそこにあったわけです。ですから、人見優子さんの遺体は、単純にパイプに乗っているだけでも安定していたのですね。のれんを何回かかき分けた程度では、バランスは崩れません」

うっ!? し、死体の重心は戸口の空間に……。今、そう言ったな。私と一美さんは、そこを通り抜けた。

もしかすると、他殺死体の重心の中を、私達の顔はベッタリと通りすぎたのかもしれないわけか……。

私はなにか、幽霊騒動よりもこのことのほうが、何倍もゾッとした。

「死体の頭部をバスタオルでくるみ、血が落ちないようにして、彼らはそうした作業をしたわけです」安藤刑事が教えてくれる。「ひとまずの隠し場所だったわけですね。小学生一行がそこへ来ないのであれば、本格的な隠蔽《いんぺい》を始めるつもりだった」

「深夜になって、引き返した彼らはそれを始めたわけだ」

会話が一休みしてしばらくすると、龍之介が、ポツリと言いだした。

「ボク、奇妙な偶然の因子があることに気がついたのですよ……」

「偶然の因子？　なんだ、それ？」

「関係者の名前なんですけど……」

「名前がどうした？」

「そのぅ、被害者と、関係者と思える人の名字を並べてみます。池渕支配人、向井さん、三田村さん、人見さん、次家さん、飛島さん、そして、降旗さん」

「うん……、それで？」

「名字の最初の漢字をつなげてみますと、浮遊霊の現象を解き明かしているんですよ」

龍之介は言った。

「池に向かって、三人が、次々に飛び降りた」

……。

笑い飛ばすこともできず、私達は黙り込んだ。

龍之介が表現した「偶然の因子」——それを、偶然とだけ言い切る人間もいるだろう。因縁、と呼ぶ人間もいるかもしれないが。

10

安藤刑事が引きあげた後、そちらの椅子に移動し、一美さんが私の前になにかを置いた。

小さな箱だった。

「……え？」

長代一美さんの、あまり見たことのない、照れているような微笑。

「一日早いけど、お誕生日プレゼント」

「あ——」

「昨日、龍之介さんと二人で出たのはね、光章さんの好みそうな物を見定めてもらうためだったの」

そうでしたか……。

手の平に簡単に載ってしまう小さな箱だったが、私はたやすく手をのばすこともできなかった。

ありがとう……。

わはははは。幽霊館つきの温泉旅行にも、いい思い出ができたぞ。


こんな事件に巻き込まれたことでもあり、後日、私は龍之介に訊いてみた。

お前は、幽霊や霊界なんかが、本当にあると思っているかい、と。

幽霊などをあそこまで怖がる男だから、感情的な確信論が返ってくるのかと思ったが、答え方は実に天地龍之介らしいものだった。

分子生物学というジャンルを切りひらいてノーベル賞も受賞したマックス・デルブリュックは、物理学における原子に相当する基本単位を生物の中にも見いだそうとしたわけですよね、と、日常会話のように龍之介は言う。

一九三〇年代ぐらいまでは、物質の基本である原子を物理体系の基準にする還元論と、ニュートン力学で物理現象のすべてを理解しようとしていましたが、それだけでは限界がありました。どうしても説明できない物理的な矛盾。その矛盾を見事に解明するために、新しい自然法則として、量子力学が誕生してくるわけです。

マックスは、この革命的な思想変革を生物界でも行ないたかったのですね。彼は、新時代の遺伝子学におけるパイオニアになりましたが、生物界を解析するこの物理法則にも、実は、矛盾を見つけたかったのです。還元論と古典力学の矛盾、限界から、宇宙の真相に迫る量子力学が生まれました。ですから、生物を遺伝子で解析する還元論的手法にパラドックスが生じ、閉塞《へいそく》した時、そこから、まったく新しい、生物学における量子力学的物理法則が姿を現わすはずだと、彼は信じていたのです。

恐らく、と龍之介は言う。

現代の分子生物学が大きなパラドックスに出逢い、それを超えた時に出現する新たな物理法則——そこに、今のところ「霊界」とか「超感覚能力」などと呼んでいる世界の真実があるのではないかと、ボクは思っているのですけれど。

帰りの列車の中で、龍之介は小さな箱を取り出した。

もう少しで、徳次郎爺さんの誕生日もやって来るそうなのだ。湯飲みを買ったらしい。

祖父《じい》ちゃんの幽霊なら、出て来てくれてもいいけどな、と龍之介は言った。

しかし、まあ、なんだ。せっかく温泉旅行に来たにしては、どこかに疲れが残っている。

今度行楽地へ出かけるなら、やっぱり、幽霊話のない所にしようじゃないか。なあ。

主要参考文献

『科学の世界にあそぶ』米沢富美子　オーム社
『続・理科らしくない理科』小出力　裳華房